**CÍRCULO
DE POEMAS**

Cancioneiro geral
[1962-2023]

José Carlos Capinan

Organização
CLAUDIO LEAL E LEONARDO GANDOLFI

1ª reimpressão

13 Nota à edição

NOVOS POEMAS [1997-2023]

17 [A barriga de minha mãe lembrava um velho baobá]
18 [A trovoada tocava no céu]
19 Haikais
22 Negras olimpíadas
23 [O bicho está vivo]
24 [O macaco não quer dormir]
25 [O Partidão era um barco]
27 [O tempo nos espelhos]

QUINTAIS [1996]

31 Quintais
33 Outros Kodacs cotidianos
35 Sopra a falsa tempestade

POEMAS [1996]

39 Versos enviesados
42 Negócios são negócios
43 Argentina lua
44 Aromas
45 Nas águas do rio Tao
47 Aquelas matinês
49 A eternidade aos cinquenta
51 O inquilino das preces
53 Flash
54 Homônimos domingos

BALANÇA MAS HAI-KAI [1996]

57 Chaplin
58 Tempô
59 Poesis
60 Desejo
61 Intervalo
62 Relâmpagos
63 Balaio de imagens

UMA CANÇÃO DE AMOR ÀS ÁRVORES DESESPERADAS [1996]

83 [Corpo da terra, cinzas colinas, nuvens cinzas]

CONFISSÕES DE NARCISO [1995]

91 Narciso
92 Confissões de Narciso

- 95 Algumas fantasias
- 102 Outras confissões
- 104 Madrugadas de Narciso
- 105 Espelhos da madrugada
- 106 Teatro de rua
- 108 Amor oblíquo
- 109 *Chet*
- 110 Musas dos desgovernos
- 111 Outra canção do exílio
- 112 Índia ainda
- 113 Heterônimos domingos
- 115 Tópos
- 116 *Une étoile caresse le sein d'une negresse*
- 117 Quintas
- 118 Portunhol
- 119 Flor
- 121 Beira de cais
- 122 Tramas
- 123 Autopoema
- 126 Anima
- 131 Canto quase gregoriano (fragmentos)

POEMAS [1987]

- 137 Pobre república pobre
- 142 [Não escrevo porque não penso]
- 144 [eu vou parar]
- 145 [Sta. Cruz de la Sierra]
- 146 [Como me espanta o espanto]
- 147 [Corre pelas ruas um vago rumor de asas]
- 148 [Como se derrama um vaso]

CICLO DE NAVEGAÇÃO, BAHIA E GENTE [1963-1975]

151 [Urge despedir sem termos]

PARTICIPAÇÃO N'*O PASQUIM* [1970]

163 Jimi

INQUISITORIAL [1966]

167 *Aprendizagem (1962-1964)*
Primeira parte
169 Poeta e realidade
Segunda parte
178 1 — Aprendizagem
180 2 — Semeadura
182 3 — O homem é o rio, o rio é o mundo
183 4 — Navegação didática
184 5 — De não ser, sendo constantemente
186 6 — Num latifúndio e senhor de, internamente
189 Busca da identidade entre o homem e o rio

193 *Inquisitorial (1965)*
195 [Cúmplices da comoção moderna]

205 *Algum exercício (1959-1964)*
207 Canção de minha descoberta
208 Silhuetas
209 Canto grave e profundo
210 Canto IV
211 Poema ao companheiro João Pedro Teixeira
215 O rebanho e o homem

216 Poema intencional
218 Formação de um reino (a composição do rei)
222 Compreensão do santo
223 Canto ao pequeno burguês
224 Composição do demônio
225 Compreensão do bem

BUMBA MEU BOI [1963]

Parte I
229 A dança do boi
Parte II
231 Criação do boi
Parte III
240 A carne e o imperialismo
243 Elogio ao boi
Parte IV
250 Divisão do boi
258 Cena final

PARTICIPAÇÃO NA ANTOLOGIA *VIOLÃO DE RUA* [1962]

261 Poema subversivo

CANÇÕES ESCOLHIDAS [1966-2023]

267 Ladainha
268 Viramundo
269 Água de meninos
272 Aboio
274 O tempo e o rio
275 Cirandeiro

277 Canção para Maria
279 Corrida de jangada
280 Ponteio
282 Soy loco por ti, América
285 Canção da moça
286 Homem de Neandertal
289 Show de Me Esqueci
293 Bonina
295 Maria, Maria
296 *Miserere nobis*
298 Clarice
301 Pulsars e quasars
302 Gotham City
304 O acaso não tem pressa
305 Vinhos finos... cristais
306 Pula pula (salto de sapato)
307 Coração imprudente
308 Orgulho
309 Movimento dos barcos
310 Farinha do desprezo
311 78 rotações
312 Meu amor me agarra & geme & treme & chora & mata
313 Viola fora de moda
314 Natureza noturna
315 Sofrer
316 Moça bonita
317 Viver sem amor
318 Prisma luminoso
319 Mais que a lei da gravidade
320 Papel machê
321 Luandê

323 Cidadão
324 *La lune de Gorée*
325 *Short song*
326 Yáyá Massemba
329 Ifá
330 Amor in natura
332 A arte de não morrer

333 POSFÁCIO
O cancioneiro geral de Capinan
Claudio Leal

ANEXOS

351 Capinan e a nova lírica
José Guilherme Merquior
377 A boa e verdadeira luta
Ênio Silveira
380 Gentes e poetas
Gilberto Gil
384 Confissões de Narciso
Luiz Carlos Maciel

386 LIVROS E LIVRETOS DO AUTOR E OUTRAS INFORMAÇÕES
388 ÍNDICE EM ORDEM ALFABÉTICA DOS TÍTULOS DOS POEMAS

Nota à edição

Neste cancioneiro se reúnem livros e livretos de poesia publicados por José Carlos Capinan, assim como poemas esparsos e também uma seleção de canções que ele compôs, com diversos parceiros, ao longo dos últimos sessenta anos. Aqui se apresenta um percurso de quem produz poesia no centro dos acontecimentos. Desde a participação na antologia *Violão de rua* (1962), passando pela peça *Bumba meu boi* (1963) e por livros como *Inquisitorial* (1966), ou canções como "Soy loco por ti, América" (1967) e "Papel machê" (1984), indo até poemas inéditos e canções mais recentes, como "A arte de não morrer" (2023).

    Na obra de Capinan, as coletâneas de poemas — muitas vezes de tiragem reduzida e de circulação restrita — estão lado a lado com canções populares que fizeram a cabeça e o coração de sucessivas gerações. Em seus versos, encontramos inicialmente tanto o engajamento do CPC (Centro Popular de Cultura) quanto, em seguida, o peso da ditadura civil-militar e o desejo tropicalista de abertura de linguagens. A poesia de Capinan deu corpo e ritmo a esses dois momentos históricos, mas, ao mesmo tempo, os tensionou e redimensionou numa variedade de caminhos ao longo dos anos. Versos de livro que alimentam versos de rádio e vice-versa, e que ajudaram a criar uma imagem viva de cultura e país. E em toda essa gama de diferentes dicções corre uma mesma força lírica que não reconhece fronteiras: um "viramundo", como diz um título seu.

✳

Nas canções aqui apresentadas, Capinan revisou e estabeleceu as letras modificadas com frequência em gravações e encartes de discos. Os organizadores contaram com a ajuda valiosa de Bete Capinan, sua esposa de 1967 a 1974 e desde sempre amiga; figura essencial para a viabilização deste livro.

Novos poemas

[1997-2023]

A barriga de minha mãe lembrava um velho baobá
Umbigos do mundo, Ela e seu Osmundo

Dava frutos sumarentos
Seus rebentos amavam estar no mundo

Jogávamos dominó
Com gosto de fruta saborosa

Visgo e brigas
Desunião inseparável de nós

Nossos avós nas paredes
Nos vigiavam em preto e branco

A trovoada tocava no céu
O meu pandeiro tocava nos mares
O meu caboclo veio no raio de lua
Eu saravei a luz do trovão
E ouvi o clarão iluminar
Foi no meio das águas
Foi acima do chão
Eu faço pedra virar nuvem
Eu sei o rastro do camaleão
Sigo o compasso da maré
Beira-mar vira sertão

Haikais

I
Bordavam as nuvens memórias atemporais
Quando a matilha de ventos varreu os elementos
Assim a natureza acordou de seus devaneios

II
Cada um de nós tem uma árvore
Onde o nosso egum vai morar
Quem criou sua árvore foi Obatalá

III
Em torno de mim o mundo é tumultuado
Não sei se é assim ou se dentro de mim
Está um mundo de espelhos nem sempre claro

IV
Falsa idade tem o meu coração
Um homem maduro que chegou ao futuro
Sem falsidade e sem traição

V
O mar levantou pro céu
Lavou todas as estrelas
Espelhos das sereias

Negras olimpíadas

Clementina Carolina de Jesus
Ganhamos uma rosa de ouro
Uma rosa desenhada em canção
Algodão em sorriso ex-escravo

Sua tataraneta judoca
Negra como vazio em noite escura
De cabelos lindos alvoroçados
Como se o vento os tivesse penteando

Uma redonda flor como o sol
Brilha em seu olhar escondida
A menina espantada da Cidade de Deus
Entra em portas que nunca se abriram

Dos seus olhos de espanto e fuga
Cai uma chuva que enxuga sua dor

Mucugê, 2016

O bicho está vivo
Ele vive de tudo
Dentro de nós escondido

O bicho está vivo
Seu imenso apetite
Come tudo que tem vida

O macaco não quer dormir
Tem nostalgia de não ter o que pensar
Não descansa a opressão de buscar
O que poderia dar sentido

O Partidão era um barco
Solto no mar revolto do século XX
Um terno barco de luminoso vermelho
Tentando entender a fúria dos tempos
Arregimentava marinheiros nos portos do mundo inteiro
Para o sonho de atravessar o estreito para os novos
    tempos
Conhecendo as estrelas que iluminam a terra
Navegantes da utopia humana

O barco canoa saveiro de velas em fogo
Iluminava os meninos filhos de camponeses e operários
Com promessas de uma vida melhor para os carvoeiros
Os sapateiros, alfaiates que sonhavam costurar ternos
    de seda
Para seus pequenos, em linho e luar
E flutuava nas correntes o bateau rouge a cabotagem
    dos portos floridos
Acenavam com bandeiras de paz, oh ingênuo sonho dos
    artistas
E dos esperançosos miseráveis

Eu ainda tenho no meu peito os panfletos coloridos
    levados pelas ruas planetárias
Um vendaval de ideias e bandeiras
Ah tempos de outros evangelhos, onde a ambrosia era
    aqui mesmo na terra
Em nossa própria existência e não depois do
    esquecimento

Ah poetas de Pasárgadas, São Saruê e outras pátrias da
   amizade e do mel
Eu ainda sinto o fogo de suas palavras
E guardo a bússola quebrada, sem o ponteiro dos polos
A internet é muito mais revolta que os oceanos que nos
   afogaram

O barco vermelho

O tempo nos espelhos
Imagem que se repete
Infinitamente
Sou eu mil vezes, ecos de luz
Não mil, incontáveis vezes
Como beijar
beijamos, beijamos, beijamos
Como os humanos se beijam
Nos filmes, nos cemitérios, nos becos
Encostados no muro, deitados em redes
Esteiras, beijamos de olho nas estrelas
Ou nos seios (tão lindos) adolescentes
Não falo mais para ti, moralista
A lírica é assim besta lua sobre as ondas
Urbano luar, urbana filmografia
As imagens que já vimos no cinema

Quintais
[1996]

Quintais

Aos irmãos, irmãs e amigos da infância de Pedras

I
moram em mim violetas
vestindo peixes, baronesas

serpentes sanguessugas chupam as veias
nuas éguas fodem florescem brincando gozos venéreos

laranjeiam mangas
maracujás passifloram bostam animais

na correnteza gestos incestos restos de insônias
escorregam entre os juncos

salobres almas navegam à foz do existir
moram em mim violetas, violetas moram em mim

II
navego à foz do existir
em mar único

(moram em mim artemísia, dália, malmequer
aflorando das pedras e dos hidrominerais)

pernas abertas como os mares aos pássaros e às tempestades
a estuária memória deságua das paredes

III
Begônias, meninas
não esqueçam de fazer seus ramalhetes
e arrancar as blusas na corrente dos riachos

Não esqueçam de apertar nos braços
bem junto ao bico do carnudo seio
a colheita desses pássaros

E afoguem o algodão no murmúrio d'água
vestindo os peixes e os seres que moram sob as águas
como nos sonhos

IV
Sanguessugas sugam novamente as minhas veias
cascas de jaca e bostas de vaca se foram na correnteza

(A infância pula novamente as cercas da existência alheia)

Outros Kodacs cotidianos

A Carlos Pita

O.K. Mr. Nikon
Tremula o sol nascente
Ao sopro dos megatons

(O pão já era
O que é Japão
Senão quimera?)

Bomba de bambu
Te orienta, ocidente
Haraquiri pelo cu

Ai ai samurai
Sumário raio Hiroshima
Breve como haikai

E muchas gracias, señor
Samurai do ai ai ai
Xerografias da dor

Pílulas de radium
Podres corpos amarelos
Sulfurosa flor de urânio

Clic Mr. Kodak
Clic Mr. ITT
Nhémnhémnhém e tititi

Irrompem pelas gengivas
Entre cáries, caramelos
Geleias radioativas

O.K. Mr. Reagan Nikon
Clic Mr. Eisenhower
O.K. Mr. Megaton

Mr. Westmoreland
Um céu de cogumelos
Plantamos no Vietnã

Além de napalm, aids
Além de aids, band-aid
E o jazigo do jazz-band

Oriente by ocidente
Clintonris acidentalmente
Push bottom: The End

Sopra a falsa tempestade

A Arlinda, Hilda, Lucivone e Márcia

Sopra a falsa tempestade do ventilador e põe o quarto em movimento
Um piano circulando pássaro cego atravessando paredes
Nuvem pensamento flor
Tudo tão rápido, múltiplos momentos
Pelo espaço as pernas trôpegas gozam sem sossego
Como morcegos sem asas
Pelo firmamento voam as casas
É o amor
Ele carrega elefantes para adormecer na cama
É o amor pendurando crocodilos nos armários
E apenas ele faz possível esse improviso do provável
Instante imaginário entre ciganas atrizes
Ilusória flor, ilusória ilha, ilusório voo dos dedos tateando cicatrizes
Ardente pedra onde exploram salamandras o sal e o fogo imaginários
É o amor como planta extraindo clorofila das desertas paredes mineralizadas
E sempre o piano atravessando circunstâncias, madrugadas
Janelas sem primaveras
Verões náufragos em trópicas piscinas de soda limonada
Nada consola tua ausência, é o amor
(Ai quem dera fossem as guerras)
Em desalinho costuram o destino estrelas aquarianas

E a persistência das ervas vai fabricando musgo verde
   cobrindo pedras, cinzas e alguns sobreviventes
Meu coração batido pelos ventos ladra exilado ao
   plenilúnio do quarto
É quase um cão
Não mordeu, não lambeu, nem roeu seu derradeiro osso
Assiste em vão a própria missa numa tempestade de
   sarnas
Ultrapassa fronteiras sem fronteiras onde jamais se
   ouve o próprio ladrar das almas

O último ensaio tão previsível nos astros
Erro meu próprio salto, caio do trapézio
Nenhum beijo no espelho e nenhum beijo na sépia do
   retrato

Poemas
[1996]

Versos enviesados

I
A sala cruzou as pernas
Abre as longínquas paragens
Penetram os olhos em viagem
São curvas que não têm fundo

A sala levanta a saia
Salta um joelho redondo
Sai comendo todo mundo
Que se encanta com a paisagem

A sala abriu a blusa
Um céu azul nos deslumbra
Meus olhos se confundem
Na claridade e penumbra

A sala muda de lado
Os segredos se entreabrem
Onde a luz penetra em flashes
Sombreando o doce pêssego

O seio esquerdo oferece
A ponta lacre e aguda
Desinteressadamente
Desaponta e desaparece

A sala enfim se cansa
Oh Deus, adeus, se despede
A saia não sai da vista
Nem o seio da camisa

A saia sai distraída
Não há perna nem joelho
A vida vê da janela
Mundana sala no espelho

VI
Paris ficou mais velha
Moscou ficou mais moça
O paraíso da forca
É a força da primavera

Vis-à-vis, olhando a mosca
Fiz o que deu na telha
Parisse eu uma velha
E a morte levasse a moça

Antes fechasse o ciclo
Invertendo velho e novo
A gente vai ser menino
Pra depois entrar no ovo

O que somos, o que eu sou
É amor demais feliz
Que diz amor depois do amor
E dá romã em flor de lis

E que floresça romance
Cresça manso o aprendiz
Um beijo de alcanfor
Num forasteiro nariz

A França já foi criança
A Rússia foi anciã
Eu tenho agora a lembrança
Do que serei amanhã

VII
A rua quando cruzas
Tuas pernas ficam nuas
E o vento te arranca
Leva a saia e a leve blusa

Fica bonita e floresce
A tua pele desnuda
E a janela deixa a chuva
Afogar o chão da sala

O olhar além da alma
Passeia com toda calma
Longamente sobre as pernas
Descansando em plena anca

A dança louca do seio
O pelo que a água banha
A tua mansa loucura
A minha procura alcança

Tão bela cai a chuva
E as nuvens em nossa cama
Uma ave tão estranha
Madura uva tua vulva

Negócios são negócios

A Geraldo Maia

Tuas melhores ações compras na bolsa
E enquanto elas sobem pouco importa se tens o teu ser
 em bancarrota
Tuas melhores canções são as melodias do ouro
Ou serão teus rifles e canhões em tuas guerras
 supersônicas
Tuas melhores intenções são hectares de terra
Onde se enterram as flores e em meio ao medo
Floresce a miséria
O teu melhor romance escreves com sangue
O teu sonho mais nobre tem mais de nove algarismos
É o cálculo preciso da fome
O teu melhor beijo destes ao teu maior inimigo
E o teu melhor sorriso ensaias no espelho
Antes de apunhalar um amigo
Mas o teu melhor conselho é o que destes ao teu sócio:

"O amor tem seu preço e a dor é um bom negócio."

Argentina lua

Rumina o rebanho seus olhos castanhos
Argentina lua, nuvens brasileiras, estrelas lácteas
O pastor adormece as veredas das reses tresmalhadas
Muge o horizonte os desejos da feroz manada
Nossos sonhos cavalgam outros faroestes
E seduzindo adolescentes foge a bandoleira alma

Aromas

Que bom teu cheiro, acetona
E teus enleios, gasolina

O teu cheiro, água de cheiro
E os teus seios de malva, Carolina

Teu cheiro de pele, apelo
E nos impele ao desespero

Pero, em ardente noite de febre
Queimando ao óleo do desejo

Recendem nas lamparinas
Essências de feiticeiro

É resedá, é seda perfumada
Ou tua rosa almiscarada

Pousada nos travesseiros
Qual borboleta marítima

Desprendendo maresias
Aromas e romãs afrodisíacas

Nas águas do rio Tao

A Geraldo Sarno

Requiescat in pace, coração
repousa na grama desta devastada década da destruição
e pensa naqueles pobres hippies imundos
suspendendo seus drogados dedos de amor e paz
apenas enlouquecido símbolo de andar em vão
pensa as rotas sandálias atravessando sem rota suas
    infindas viagens
psicodélicas
       teologias
          teogonias
          agonias da libertação
longos cabelos
  longos caminhos
     intermináveis longas tardes
           noites
            manhãs
            exaustas madrugadas do não
Requiescat in pace, coração
passeia em silêncio vazias avenidas 57 exatos séculos
    após a queda deste império
talvez rua, talvez beco, talvez quintais sem fundo que
    desaguam nas guerras frias do mundo
ninguém agora te abandona, passeia a devastada aurora
    dos teus sonhos
lembrando aquela grama onde mergulhastes no céu
    olhos de tua amada
        aquela

tua loura namorada que em desespero deixastes em
   alguma rua carioca praguejando as paixões e a frieza
   dos homens
a dor será breve, não demora mais que o canto de um
   pássaro
nas flores silvestres
Esfregastes uma pastilha de césio na pele e ainda aquele
   tapa te fere o rosto
nem sabes em qual agosto no Leblon sangras como um
   boi sem amigos
é fevereiro, coração, júbilo de aquário, esquecido estás
   de que fostes traído
e a pastilha pulsa radioativa sem os sabores de hortelã
   na garganta
Requiescat in pace, o mundo não é cibernético
O mundo não é nada do que fizemos neste instante
esquece teu depois e antes
   agônicas ruas de goiânia
      belicosas ruas de belfast
         bang bang em bagdá
descansa teu bate bate entre as águas do rio Tao

Aquelas matinês

Toda semana, sonho
Domingo no Santo Antonio
O encontro com Tarzan
Sabu e Buck Jones

Matinês no Cine Capri,
Com Bardot, Martine e Arnoul
Amores na torre de Nesle
Francês o primeiro nu

Um olho zanza na tela,
Um olho transa nas pernas
E na vampira sessão
Mão boba (opa), tesão

(Quando se apaga a lâmpada
Sugas vampiramente
Lambe se acende a vamp
Cine sangra alucinadamente)

A tela tece
A vida beija
Um happy end
Na plateia

Mas o viado impertinente
Tosse indiscretamente
Respira acintosamente
E na braguilha inocente

Desce, esquece displicente
A mão no colo adolescente

— Sai, viado
Ele vai mas fica
A ilusão do sábado
(O cipó de Tarzan
As coxas de Jane)
E a mão na pica

A eternidade aos cinquenta

A Walter Queiroz

I
Deus não vai mais ao baile
Não tem mais truque na cartola
O Espírito Santo não decola
As asas sujas exangues

II
Cristo, olhai pra isto
O eterno Senhor está mais velho do que ontem
Não acha seus sais e tem achaques de velha tia
Arrumando os falsos seios de silicone
Desequilibra na calçada e cai
Mergulhando a ponta da saia lamé na lama
Suas blasfêmias se perdem com o último ônibus no
    infinito
E nenhuma gatinha lambe o seu joelho ferido
Sangra solitariamente o pai de Cristo
Enfim, o infinito saco divino está cheio dessa eterna
    condição de aplacar a dor
Humana que espera a absolvição num ponto de táxi

III
Senhor, não vais mais ao baile
Estás tomando prosac e fosfosol
Depois que perdestes o último ônibus
Não cantas mais o angelus de memória
Nem decoras os novos rocks evangélicos

Teu crânio está mais quente que uma máquina de pick-
-pock
E nunca mais fizestes um flush nas madrugadas do
poker
Tão murchinha ficou a tua glande
Nem viúva, solteirona ou malcasada
Te abandonam todas as beatas madonas
Entretanto o deus do amor nunca te abandona
Não tens um cão como Lázaro
Não tens espelho
Tendo embora o velho ego
Que enfim ficou cego e não mais se quer enquanto belo

Talvez o que tu sejas agora não seja exatamente a tua
aparente imagem
Talvez também não estejas onde quer que esteja o teu
desejo
Puro objeto das fêmeas ou consolo das beatas
Madalenas
Mas quem sabe agora esqueces a humanidade e cuidas
de ser um Deus apenas

O inquilino das preces

A Paulinho da Viola

Mora também dentro de teu corpo o inquilino de tuas preces
Um quase menino esquecido como o bolo que esqueces no intestino
Mora silenciosamente preso ao teu destino
E todas as dores e desatinos nele adormecem
Mas a ele nunca ofereces uma gota do avinagrado vinho
Nem bicho de estimação nem delicada flor
Sequer percebes quando só ele geme embaraçado ao furor dos espinhos
(Uma janela te distrai em distantes velas brancas de portugais, espanhas e estranhos países que nunca se alcançam)
Horizontes em chamas emoldurando as nuas janelas femininas
Em silêncio vais deixando que assim penetrem as paisagens trágicas caravelas
Admiráveis ibéricas velas adornando a Baía de Todos os Santos
Ele atende antes que reclames da ventania dos mares
A culpa é solitariamente dele mesmo quando solamente pecas
(Cabe ao menino que permaneças inocente, sem que importe o crime que cometes)
Cabe a ele a insídia de oferecer o veneno
E cabe a ele sempre ser traído
Cabe a ele a colona nostalgia dos que cultivam seus naufrágios

Cabe ao menino estender e sacudir o lençol, cultivar e
 mandar flores às tuas amantes
A ti te cabe escovar a manhã fisiológica, outra vez
 comer, meter a mão no bolso e pagar a conta
Ele não conta
Ele te embala, balança e arranja o melhor programa
 como o enamorado aturdido um patético buquê
 arranja
Então acordas
E quando acordas, ele cordato ajeita a roupa, esteja
 nova ou há muito tempo rota
São quase duas e ele é cúmplice de tua dúvida
Se apenas uma, ele sacode a poeira, dobra a bainha,
 experimenta a manga
E acasala os botões um a um, em cada uma
Mas então anoitece e repentinamente estás com medo
As velas na Bahia não te revelam esses futuros segredos
Ele se antecipa em silêncio nas indecifráveis esquinas e
 vai morrendo todas as mortes que o mistério planta
 nas esquinas
Sempre adormeces ou adoeces ante as navalhas os
 punhais as giletes
Mas enquanto ele sangra e morre, o espanto da vida
 milagrosamente te cura
E assim ambicioso e tão valente, vais em frente
 acreditando apenas em tua bravura

Flash

Ao clarão de Hiroshima
Retenho o tempo nos olhos

Clara, Clarice, meninas
Baías, recifes, abrolhos

A calcinada retina
Fotografa e eu choro

Homônimos domingos

Em tédio aguardo segunda, terça e quarta
Cínico aguardo quinta, pânico aguardo sexta
Bêbado aguardo sábado
Mas já é quase meio-dia no relógio do domingo burocrata
Manhã esportiva e chata
                ondas nas praias
                      gorda feijoada
                            aguardo meus comensais
Soltam os cintos e sentem o domingo
                      crescendo no meio das sungas
                              protuberâncias e
reentrâncias
            que apontam e abundam
                    arrota o graxo domingo os seus sais

Balança mas hai-kai
[1996]

Chaplin

Um vagabundo
Tira do bolso imundo
Um mapa-múndi

Tempô

Tempos kamikases
As bombas de Oklahoma
São karmas de Nagasaki

Poesis

A flor sustenta o caule
Eu não sei como fazer
(Quem sabe se a flor nem sabe?)

Desejo

Plenilúnio
Plenamente nua
Cantas aleluias

Intervalo

Entre nós existiria
O precipício de uma ponte
Ou somente travessia?

Relâmpagos

Aves que não voam
Lá se vão os trovões
Pássaros que soam

Balaio de imagens

A Luiz Galvão e Luis Lamego

I
Pedro era de pedra
(O galo cantou três vezes)
Pedro desfez-se em pó

II
Quando a gente fala
A alma exala, esvazia
(Mas alguém visita a sala)

III
E eu te dava beijos
E não me dava conta
De que nada te dizia

IV
Um sinal vermelho
Fogo e batom
Tua boca no espelho

V
Tua língua em fogo
Minha alma em chamas
Ai, amor dragão

VI
E a cara da caridade
Será de culpa
Ou perversidade?

VII
Ninguém adivinha
Qual moeda deseja
A mendiga menina

VIII
O I-Ching fala assim
A verdade interior
O amor sempre nos diz

IX
E alguém me espera
A paciência de uma fera
Que deseja me ferir

           X
           Se tua estrela não tem clarão
           Aguenta firme, camarada
           Foi uma cigana cega quem leu a tua mão

XI
Roupa leve, diáfana
No jardim das delícias derramava
um zum-zum-zum de abelha

XII
Pólen e mel se quer
Também na flor
Do malmequer

XIII
Eis um líder que nunca morre
Chegando sempre depois
Pra tirar da forca seus heróis

                                  XIV
                                  É tão melhor o que é
                                  É tão melhor o mel
                                  É tão melhor a mulher

XV
A certeza também erra
Um dedo aponta o céu
Sem saber pra qual estrela

                    XVI
                    Aritmeticamente
                    Sorriu a alma
                    hum hum hum hum

XVII
Consciência aflita
Ainda não pus os dentes
Em nossa fome infinita

XVIII
Pássaros do passado
Fotos, fatos remotos
Gravados pelo acaso

XIX
Nunca fui dono de um cão
Nunca pedi perdão
Não tenho culpa por isso

XX
Cheia de lua
A moça que veste as nuvens
Conosco se deita nua

XXI
Adeus, moça bonita
Vou no trem da meia-noite
Ai que distância infinita

                        XXII
                        Não sei tirar tua blusa
                        Mas quando meu sonho te despe
                        Tiro hábil tua pele

XXIII
Nunca é vã a sobremesa
Jamais esqueça a maçã
Que apodrece sobre a mesa

XXIV
Sobre o pão fatia
Sem manteiga escorrega
A nossa faca vazia

XXV
Eu te amo
Tu me amas
Ambos animais

                    XXVI
                    Quando proclamas
                    Em ais, em chamas
                    Nossa cama cai

XXVII
Em nossa cama
Os camaleões
São metaformosas

XXVIII
Estou faminto
Te encontro nua
Num labirinto

XXIX
O girassol admira
Enquanto gira o sol
Suspiram as margaridas

XXX
Quase surpresa
O pão sobre a mesa
E nenhuma fome

XXXI
Um raio de lua
Relampeja na rua
Um trovão

XXXII
Enquanto a gente fala
A alma exala, esvazia
E a solidão invade a sala

XXXIII
Lembro sempre um lenço
Vermelhas manchas pitangas
Que o tempo vai espremendo

XXXIV
A vida virou sem-fim
sem entrada nem saída
apenas lenços e trilhas

XXXV
Somente a sorte cigana
Me ensinou a travessia
Entre os sonhos e a vida

                        XXXVI
                        De um The End
                        O verdadeiro sonho
                        Jamais depende

Uma canção de amor às árvores desesperadas
[1996]

A Geraldo Azevedo

I
Corpo da terra, cinzas colinas, nuvens cinzas
Nem pareces uma fêmea em atitude de entrega.
Meu corpo que tanto te deseja, quanto te beija,
Fez saltar três filhos do fundo da terra.

Quisera te receber, Neruda, como Ossain
E de cada folha das florestas americanas
Encontrar o remédio para sobreviver
Às furiosas noites de fogo desta cruel origem ibérica.

Ainda não cai a hora da vingança. E teu poema diz
    ainda: te amo.
Corpo calcinado das angiospermas, bromélias, plantas,
Como recuperar dessas auroras de guerra
Das feridas tamoias, eu, ogan das tristezas do mundo,

O corpo da terra? Persistirei nas oferendas
Persistirá minha sede, pelos caminhos indecisos do
    planeta,
Combatendo a ânsia dos perversos e buscando a rede
Onde a infinita mão do acaso tece a esperança.

II
Mormacenta noite de março, eu, ardente sem abraços
Sem sono, sem sonhos, sem Ossain
Recorro às oferendas sem remédio para as ofensas
às auroras das floras, florestas antes atlânticas

E terra de Vera Cruz, uma cruz deveras carregas
Carregas a dor das madeireiras, garimpeiros,
    eucalipteiros
(Orunmilá, me revela a palavra do segredo,
E cedo solta as tuas asas de ferro, pássaro mensageiro)

É assim que o mundo acaba? Nessa Hollywood sem gala,
Sem clarão, tudo cinza e gemendo, um fio de água
    lodacento,
Um baiacu na lama e um bumba meu boi sem alma?
Na dança final do prazer da grana, é assim que o mundo
    acaba?

Sem dendê e sem palmas, sem urso panda, sem a banda
    das jandaias?
A civilização ocidental cristã nadou... nadou, se esvai na
    praia.
Mormacento março, superaquecido acordo, insone
    grito:
— Ah ausente ciência gaia, mate a mata e viva a vaia.

III
O primeiro grande criminoso foi o donatário português,
E veio o doce veneno dos canaviais, madeireiros,
    garimpeiros,
Depois algodão, cacau, soja e suja celulose
Que refaz agora o papel original dos colonizadores
    primevos.

Cortaram a erva que cura a febre
Cortaram a erva que cura as cólicas
Cortaram a murta, o pau-d'arco, a peroba
Foi coivarada a virtude das plantas, das ervas e das
    folhas

Tocaram fogo no mato, mudaram o curso dos rios
Envenenaram as nascentes e o profundo ventre negro
    do mundo
Profanaram o equilíbrio fraterno entre o calor e o frio
Nos olhos das águas e dos peixes, mercúrio e chumbo

Estames, estigmas, pétalas, pistilos, sépalos, pólen
Cotilédones, espinhos, espigas, inflorescências,
    plânctons
Rizomas, flagelos, esponjas, mimosas pudicas,
    esmagados musgos
Rompidas as corolas e mutilado o órgão reprodutor das
    flores

IV
Expulsaram as nuvens com a queimada das florestas
Queimaram o mel e as cinzas são pássaros sem asas
Que os ventos espalham como Oiá espalhou as folhas
Pelas auroras que agora não têm as flores

Tudo devastado pelo olhar nefasto do Deus Homem
O inventário eu peço, como quem pede ao bem-amado
Cama de malva, travesseiro de lua, olhos de alvorada
Peço em joelhos, humilde nocauteado desses Tysons

Peço o inventário das plantas e das auroras
Peço a exumação do corpo azul do tempo
Peço a reinvenção dos fitocromos devassados
Pelos tratores da inquisição dos jardins e campos

Peço pelo espanto de Gagarin e a dor das baleias
Peço pelos seres que sereias não são
E pela invenção dos seres que são humanas teias
Entre o mito e a dor da nossa condição

V
Éwè Ossain, deixa eu cantar um ori éwè
Um canto como o canto do primeiro dia
Quando Orunmilá deu nome aos seres e aos seres fez
    nascer
Que esse é o poder original da poesia

Oh Ossain, divindade das plantas medicinais e do axé
Me ensina as palavras que despertam seus poderes
Desperta o pássaro mensageiro de sua haste
Macera de Orunmilá as folhas na pedra entre a terra e
    os céus

Éwè Ossain, teu pássaro poder, pousado em tua cabeça
Pode me trazer o segredo antes que a senhora dos
    ventos
Sacuda a sua saia e os vendavais sacudam os arvoredos
Quebrando a cabaça onde guardas todos os teus
    segredos

Com cuidado devoto, colhendo as folhas
Na América selvagem onde crescem livres
No lugar da colheita deito a minha oferenda
Do amor me abstive e sexo não tive

VI
Maiores que os poderes das plantas
São os poderes das palavras que as despertem
Neste sábado sacrificando bode, galos e pombos
Ouve, Orunmilá, e ouve, Ossain, as minhas preces

Faço oferendas a Orunmilá, faço oferendas a Ossain
Um que deu nome às plantas e as trouxe do céu para o
    bem dos homens
Ossain, as palavras despertam os segredos em teu filho
    Remédio
Pois as coisas nascem quando recebem um nome

Ossain, ouve a minha consulta, a minha dor, a minha
    fome
Que enterrado como teu filho no injurioso século
Não me vem um coelho nem um tatu cavando um túnel
Que me alimente de esperança e ao fim me acenda um
    lume

E eu te pergunto, Ifá, em qual amanhã assim distante
Ficará o extremo ponto dos poderosos de ontem
Hoje perpetuados nesse horizonte sem horizonte?
Será veneno ou bálsamo o futuro remédio que nos
    guarda Ossain?

Confissões de Narciso
[1995]

Narciso

Enquanto nos atormentam as furiosas serpentes da solidão
Eu sei de ti, como nenhum menino sabe de si mesmo
E te salvo da sombra de todos os teus espelhos
De onde emergem intactas as imagens claras da compaixão
E cai no fundo das águas o céu do verão
Frutas vermelhas amadurecem o peco desejo
Há um cardume de ânsias mergulhadas no peito
Estás com o ar transfigurado, a insone paixão
Nunca abandona o insondável aquário
E disfarças como ontem o inevitável beijo
Anunciando a Narciso seu adiado naufrágio

Confissões de Narciso

Que pensará meu pai de mim agora
E dele que poderei pensar
Eu que pensando nele
Tanto gostaria de saber o que pensa de mim agora?
(Não será essa a última hora da confissão
Nem a primeira hora do nascimento)
Mas que pensaria meu pai ao me ver chorar?
Que pensaria minha mãe
Me vendo agora beijar outras bocas, outros seios, a
    procurá-la como alimento?
Sei que jamais saberei o que se passou naquele momento
Como não sei quase o que se passa agora
Lá fora a noite é cheia de compromissos
E eu, omisso, gravo aqui meus sentimentos
Guardado talvez de mim, guardado talvez dos outros
E querendo estar tão absorto
Que jamais soubesse como lá fora a noite se eterniza em
    nunca e jamais
Jasmins exalam
Flores crescem durante a noite e durante a noite
    despetalam
Indiferentes ao fato de que pela manhã lhes arrancarão
    o talo
E eu por que falo?
Por que não escrevo, por que não beijo?
Por que não caço o inexistente poema, borboleta
    imaginária?
Minha mãe sempre me pareceu generosa e perdida
Sempre me pareceu absorvida e mal-amada

Uma vida doada para nada
E meu pai sempre me pareceu estrangeiro
Como todos os pais
Eu sequer por furto tive dele um sorriso
Nem a mão por compromisso de andar até o outro lado da rua
Minha vida foi sempre nua desde o primeiro dia
E sequer me alivia
E sequer eu quero que alivie
Sequer eu quero que passe a vida
Sequer eu quero que continue
Eu quero apenas despir-me
(Embora já esteja tão despido)
E quisera então quem me possuíra
Ai quisera somente dizer essas mentiras
Para quem cresse em mentiras
E pudesse vê-las mais verdadeiras que as verdades que são ditas
Na casa ao lado há conversas mais sérias que poesia
Há um plano de recuperar as moedas, as finanças, a pátria, deus e a família
Tudo que é falido desde o começo
Mas eu de tudo também participo
E até em meu endereço chegam as cartas e o telefone toca
(Serão avisos?)
Deveria estar num comitê que discute o amanhã
E as outras políticas do amanhã
Mas eu sequer desejo sair da cama
Quisera somente beijos, desses que não se proclamam
Beijos talvez cruéis, que se derramam sequer da boca e sangram

E também quisera que o meu desejo
Não escapasse enquanto fosse o meu desejo
E atendesse ele próprio ao que deseja
Não me usasse para atendê-lo (ele que tanto me
    reclama)

Algumas fantasias

I
É noite, tudo é mistério, eu vejo
Há quem chore, há quem ligue a chave de ignição
Entretanto em meu coração fortemente chove
Chove chove chove

Enquanto chove, choro e relampeja
Se despem e se despedem todos os amantes
As chaves de ignição acendem os trovões
Apagam-se as velas e assim seja

II
Hoje eu vi uma moça andando pela rua
Querendo, que não me ouça,
Que a visse andando nua
Quisera o sol mais claro
De todo o seu tempo de sol
Para que desde aquela hora aquela moça ficasse gravada
    em meus olhos
E quando todos os emboras se fossem
Eu estivesse ainda com ela eternamente e só

III
O mundo não para de trabalhar
Os homens não param de fabricar
Seus edifícios, carros, filhos
Ai incansável máquina

É inútil resistir à tua voragem
E enquanto a morte pacientemente aguarda
A vida é precipício, vertigem
Uma forçada viagem

IV
Não tenho mitos
Não tenho grandes vícios
Me sinto assim num precipício, numa vertigem ou viagem
Me sinto assim num trem
E assim no trem eu sinto os ritos da passagem

Nenhuma pergunta, nenhuma resposta ao passageiro
    satisfaz
Prefere a janela que olhar aos outros
Que nada lhe dizem senão a eterna clandestinidade
Estar é como se estivesse naturalmente em contrário a
    todos
Mas ali um poste, ali um pasto e ali uma face
E esses que eu vejo assim de passagem talvez sejam os
    melhores
Mas certamente jamais os verei senão assim de passagem

V
Posso dizer que fumei que bebi que amei
E tive vícios menos declaráveis
Entretanto nada disso que aos outros satisfaz
A mim me toma como compromisso verdadeiro
Esta é uma noite em que por inteiro estou só
Falando comigo

Longe os cães
E talvez alguém a lembrar-se de mim
Sem que haja por que lembrar-se de mim, sendo um fugitivo
Os fugitivos se apagam da memória e dos retratos
São de alguma história cegos Narcisos
Não há quem salve do seu refúgio os fugitivos
Alguém no sótão
Alguém no porão
Alguém gemendo subterrâneo
Alguém na chuva
Alguém no incêndio dos relâmpagos
Alguém que se detém aflito
Alguém que rola pelos campos
Alguém que nem ódio ou desprezo, nada desperta aos vilões
Sequer aos inquilinos das esquecidas pensões
Os que fogem são implacavelmente perseguidos
Para fora de seus espelhos partidos

VI
Quero te dar um vestido com um desenho que ainda não sei
    como será
Penso frutas, dragões, sereias
Fantasias que nem ainda sei bordar
Mas quero te dar um vestido, quem sabe de areia
Quem sabe de uma linha que não se saiba coser
Penso te dar um vestido bordado de ambos os lados do
    querer
Nem quero te vestir
Nem quero que o vejas nem que o queiras talvez
Quero te dar um vestido que a minha alma deseja

VII
Os carros são cada ano mais potentes
E capazes de desenvolver velocidades surpreendentes
São capazes de atirar a quilômetros animais árvores gente
Não sei por que a vida se faz tão urgente

VIII
Sou político
E nem sei o que possa querer dizer com isso
Mas é da época ser político
E há vários políticos
E cada um tem a sua verdade política
E a sua maneira política de ser político
E cada político tem o seu melhor mundo a oferecer
Sou político e também penso que talvez tenha um mundo
Mas nem por isso talvez somente fantasie inútil
E acredite poder alterar esse inexorável rumo.

Fui tão político às vezes que desdenhei as formas
E contestei as normas
E confessei ridículas as pétalas das rosas
Fui tão político às vezes que fiz da beleza uma coisa perigosa
E tão político às vezes que tornou-se a noite pavorosa
Fui tão político às vezes que se desfizeram as minhas mãos
    amorosas
E tão político às vezes que pensei entender a guerra
O chumbo e a pólvora
Fui tão político às vezes que despendi mil impossíveis horas
Dissolvendo em amnésia todas as memórias

As máquinas são políticas
As poéticas são políticas
As canções são políticas
Mas eu desconfio que alguma coisa possa deixar de ser

IX
Essas moças que eu desejo serão sempre desespero
Desejo Teresa, desejo Neusa
Desejo em dúvida e com certeza
Desejo às dúzias e às centenas
As nativas e as estrangeiras
Louras, brancas, morenas
As de pouca melanina e muito desejo as negras
E todas que sentam à minha mesa
Que arrodeiam a minha cama e todas que nela deitam
Todas me põem em chama
E todas me tiram o senso
Mas a todas me ofereço
De tal forma que jamais descobrem a minha aflita natureza
Há tantas que eu quero
Que de tanto as querer é imenso o que eu não tenho
Há tantas que é sem tamanho o meu desespero

X
Viver é um vício e isto me cansa
Mas enquanto eu respiro, eu persigo
Eu carrego essa lança
E me golpeio certeiro entre os olhos
Onde me devora a cega ânsia

XI
No meu espelho há uma face que me olha
E não me vê

É a mesma de onde me vejo
É a mesma que desconheço
Embora esteja sempre comigo defronte de algum espelho

(Meus cabelos não mais os mesmos em desalinho ao vento
Em meu nariz, talvez um jeito antigo e desalento)

Minha boca de tantas odontológicas cirurgias
E de tantos ontológicos desejos
De tantos beijos e fantasias
Sequer entorta ao uso do cachimbo
E harmoniza na ironia o meu sereno desespero

XII
Sonhei piratas, ciganos
Sonhei pássaros sem asas

Casas sem inquilinos
Nem fantasmas

Sonhei jardins sem flores
E sonhei pátios desolados

Vozes que não me chamam
Em meu delírio sonhava

Nenhuma culpa ou castigo
De haver-me enamorado

E gozei perversos gozos
Que jamais se tem acordado

Enigmas indecifráveis
Decifrando quadro a quadro

São outras línguas quase
A mesma língua inexata

Que nos falam pelas ruas, no trabalho, em toda sala
Em cada indevassável fala

Onde o insone cotidiano
Nos acorda e amordaça

XIII
O dia tem seus heróis
E também seus assassinos

A noite tem heroínas
E também as suas vítimas

Há também quem observe
Em silêncio seus gemidos

Sem que nada nos redima
Dói o punhal que penetra

Mas nossa alma deserta
Dói muito mais ainda

Outras confissões

I
Narciso se despe, é noite, estão ladrando os cães
Os cães provavelmente ladrarão inteiramente a noite
Enquanto a lua cheia obtura os dentes podres das canções
Um traficante boliviano
Diz alô de Amsterdã
Um fracassado governante
Diz alô num telegrama
Tudo é ópio, para um ex-marxista
Para um ex-espiritualista, tudo é transe
Tudo é provisoriamente eterno para os poetas
Tudo é eternamente provisório para os amantes
E o poema apenas a configuração do instante

II
Ontem um ex-amor veio liquidar a conta
Entrou certamente pela porta e certamente tonta
Cobrou seus livros nas estantes

Deus nos livre da impressão que nos dão as ex-amantes
São como ilusões
São como tecnologia de ponta

Dramaticamente desmentem
Um futuro melhor
Que o futuro de antes aponta

III
Espero o teu nome na madrugada
Inscrito sereno no pólen
E a lua plenamente prata
Serenamente arrebata um outro nome das flores

IV
E na tua ausência o futebol faz gols
E na tua ausência o desespero se cansa
E na tua ausência há um golpe de governo
E na tua ausência a madrugada se espanta
E a vida sucede como um florescer de ânsias
Na tua ausência a namorada de um amigo morre
E a vida escorre em nostalgia imensa
Na tua ausência há um vendaval
Nem furacões em Cuba mas carnaval em Londres
Na tua ausência a maré sobe
Na tua ausência a maré some
Na tua ausência sequestraram um homem
Na tua ausência nunca o resgataram
Na tua ausência se ausentam os nomes
Dos tantos que nem ausentes, dos que sempre se
    ausentaram

Madrugadas de Narciso

Encalho nas madrugadas as minhas velas em farrapos
Sou eu mesmo os marinheiros
Sou eu mesmo a cabotagem
Sou eu quem traça os portos do roteiro
E torna em desespero a bússola da viagem

Naufrago nas madrugadas
Mas eu mesmo me faço nadar em vão até as mais
　　longínquas praias
Sou eu a maresia, a calmaria e a tempestade
Sou eu mesmo a terra à vista
Inalcançável

Espelhos da madrugada

I
Pela madrugada acompanho a fumaça do amargo café
E aguardo a lua cheia das nuvens sair
Seja como for, de café em café
Espero a extinta flor se abrir
Depois e depois de um outro café
Espero que alguém me abra a porta
E me leve no colo para dormir
É assim nosso amor
Nem tão amargo desespero
Nem açucarada esperança
E um desolado jardim

II
O mesmo armário que abres e encontras vazio
É o armário pleno de outro
Que entretanto não tem as chaves

III
Ontem meu coração pensou que não estaria mais aqui
Hoje, amanhã nem depois
E mesmo com a sensação de estar aqui agora
Penso que tudo já se foi
Não sei sequer se fui um porto, um barco à deriva
E ainda, quem sabe, um náufrago
Que submerso sobreviva

Teatro de rua

Nada me deixa mais em pânico que o mise en scène das esmolas
Quando me estendem a mão
Tão desolado me deixam
E tão vazio meu coração
Dar ou não o dinheiro assim pedido?
Parece-me sempre um martírio a dois e em vão
(Mais que o miserável dinheiro
O que pedirá verdadeiramente de nós o canalha canastrão?)
Qual a última cena antes do primeiro ato de sua estranha submissão?
Qual último desastre se abate sobre essa alma que nos implora a cumplicidade do sim
Ou a catarse do não?
Quase não tenho nada a ver com isso
Apenas me atormentam quando me suplicam em improviso esses atores
Não quero saber de suas dores
Pudera eu ser rico e imensamente piores seriam as minhas
Mas por qual desgraça se veste em farrapos esse Narciso mambembe
E se expõe na praça tão sem amor a si e aos outros
Embora perversamente mais vaidoso que atrizes, meretrizes, malabaristas?
Quando me estendem a mão sabem que me assaltam com mais pânico
Que se me estendessem um punhal e me roubassem e me ferissem e me matassem

O que me pedem não é que lhes estenda a mão recíproca
É que eu também represente a comiserada farsa da
    desumana ilusão
Os mendigos fazem teatro fazem teatro fazem teatro
Queremos que a vida seja verdadeira
E eles por brincadeira nos estendem uma ilusória alma
    cheia
Numa sacola ilusoriamente vazia
E nos olham sem complacência
Sabem que em nossa algibeira sempre inocentemente
Carregamos um crime
Não importa o que exista
Não importa se a mão resista a buscar o que pleiteiam
Eles se vão sorrindo sem demonstrar sequer
Que nos viram sofrendo
Pedir esmolas é viver ferindo
É roubar da inocência a inocência
Sem nenhuma culpa ou clemência

Amor oblíquo

No cancioneiro de Pessoa há um poema
E muito me dilacera não ouvi-lo agora
Talvez a chuva oblíqua no teto rosa amarelo
De um quarto imaginário
Ainda à espera dos tempos em cada relâmpago
E trovão
Dissociados pela velocidade da luz e do som
Como dois fenômenos para os poetas
E seus aturdidos corações
(Para os cientistas, não
Um só ouvido, sincrônico)
Dois fenômenos como teu amor oblíquo e teu beijo
Tão sempre assim dissociados em nunca e jamais

Chet

Amor chato
Amor ingrato
Se vai com o *Chet*
Esquece os gatos

Musas dos desgovernos

Maria
Quem governa meu coração
Nunca foi governador
Da província de Bahia

Dolores
Quem desconsola a poesia
É o gogó dos demagogos
Desgovernos da Bahia

Consuelo
É consolo dos poetas
Nos reeleitos reler
Que todos eles nos negam?

Outra canção do exílio

     Minha terra tem fogueiras
Acesas   na   solidão

                (Um exilado de Pedras
E cada vez mais distante
Se acende no coração
Gelada fogueira ausente
Estrangeiro São João)

Índia ainda

Brasil, Brasil
1500
Em pleno 2000
Em tempo ainda
De sermos a índia
Que Cabral não viu

Heterônimos domingos

Hoje é domingo porque hoje é domingo
Porque ontem, sábado
Hoje é domingo e você pode ser Ricardo, pode ser
 Alberto
Ou Álvaro
Hoje é domingo, porque ontem, sábado
Vai à missa, vai ao parque
Hoje é domingo, deita na relva
Faz de conta que não contas há quantas semanas suas a
 camisa
E torces o nariz ao teu patrão que diz ser cristão
E torces o nariz ao teu ar condicionado
Que te condiciona um tique anasalado
Inclina com respeito sobre a carcaça da sogra
E beija açucarado e sem pejo o seu peito matriarca
Hoje é domingo
Programa a tua próxima semana
Ou sonha a tua longínqua ilha
Hoje é domingo
Come a tua feijoada ou engole o teu sapo semanal
Releva se tudo é tão sem sal ou ao contrário tão salgado
E se nem sabes quão azeda te aguarda a sobremesa
Tudo isto releva
Revela em tua alma o domingo
De tarde um bingo
E na embaçada luz da janela
Sente cair a gorda sombra endomingada
Imagina um imaginário assalto a mão armada
Durante o sonolento jogo de canastra

Que desastradamente puseste fora como tua ex-amante
   e aquela dama de espadas
Espera que alguém te telefone como sempre a dizer
   nada
Lembra à sacrossanta rainha do teu lar como queres a
   roupa bem passada
E a que altura queres as unhas bem cortadas
E nada de beijos
Não queres nada
Após os gols da rodada, goles de cerveja e te engole a
   madrugada
E só queres ao fim da madrugada ovos quentes e um
   belo café com torradas
Hoje é domingo
Depois nem segunda, nem terça, nem quarta
Nem a vida nem a morte
Apenas um outro domingo te aguarda

Tópos

gosto quando encostas
os acidentes do teu corpo

a espinha, a espádua, as costas
e o venerável rosto

que sob o negro véu, entre as coxas
(esse vulcânico poço)

antecipa (eu te confesso sem provas)
as convulsões do gozo

ácido abismo, boca
devorando-nos aos ossos

geografia quase louca
sem ancoradouro ou retorno

Une étoile caresse le sein d'une negresse

    Mira lo que miraba
Juan Miró
La flor de las flores
Es la color

    Cabalga lo que cabalgaba
El caballero
El mas deseoso de los besos
Es su deseo

    Lluvia y plenilunio
Es una estrela
La mas negra de las negras
Es la belleza

    Mira lo que miraba
Luna lunera
Una estrela acariciaba
El seno de una negra

Quintas

Há neve
Há naves
Aves
Coisas graves
Há greve

Há chá
Há chave
Os ares
Caras graves
Vento leste

Há peste
Repastos
(E paz?)
Há os gases
Letais

Há modas
Amadas

Um ás
De espadas
Espáduas

As almas
Os elmos
E ainda mais
Infernos
E nada

Portunhol

Non palabras
En tu boca
Besos

Se te puedo
Decir amor
No te voy a decir otra cosa

Mi vida
Es solamente
Deseo

Flor

Tua flor
Tem estames de arame

Tua flor
Cheiro do mangue

Tua flor
Vermelho sangue

Tua flor
É um morcego

Tua flor
Um caranguejo

Tua flor
É um ciclâmen

Tua flor
É um molusco

Um caprichoso
Design

De um desejo
Quase tolo

Tua flor
É uma hóstia

Consagrada
Do amor

É uma ostra
(De calcário

E de amido)
Tua flor

Uma cloaca
De mel

É a flor
De pólen azul

Flor de nuvem
Flor do céu

Tua flor
Ácido músculo

Me constringe
Me constrange

Minha língua
Minha lâmina

Tua flor
Ai tua flor

Beira de cais

Ela se foi arfando como um boi no caminho do
 matadouro
Tremia seu coração como o vão de um cais
Como coração de moça pressentindo o rapaz que viaja
 no navio
Sem ter retorno jamais
Qual presságio está bordado no lenço?
Uma rosa suburbana, um coração de Maria, um corsário
Um transatlântico que atravessou sozinho os sete mares
Uma lua cigana, numa ponte de tédio, que vai de mim
 para o outro como o poema de Mário

Tramas

Rosas, sinais ocultos, signos
Inscritos códigos em outras pedras
Preciosas tramas, caminhos
Provas inúteis de estar aqui
Ante um perfume, ante uma nuvem
Quando estamos ante uma cobra
Ou ante os gestos das substâncias
Como esses signos que o vento põe em rotação
Quase quando estamos ao fim inalcançável das rotas

Autopoema

É um poema como seria um grito
Repente e alto sobre o mundo exposto
Gratuitamente como as mulheres
Que anunciam os seios os lábios as coxas
Para um amor transitório e inútil
(Pois em verdade não amamos)
É um poema como seria uma estrela
Impiedosamente destroçada
No orvalho que ainda se dependura na rosa
Na rosa... na rosa... na minha rosa de infância
Que destruíram com uma máquina de desmanchar
    jardins
É um poema, como eu poderia baixar os olhos
E chorar... e chorar como fizera antigamente
Entre as boninas e pensando em mim
Como criança que não brincara

É um poema, triste poema de aurora
Hora primordial de onde partiram os trovadores
A manusear um adeus que não dissera a lágrima
Que os seus corações conduzem
É um poema como fora a canção
Revelada sobre o berço onde um corpo
Iniciara perigosamente a vida
Um poema como o morto de uma noite
Em que fora amor a última palavra
Um poema, como a jangada que o mar devolvera
A respingar peixes enquanto a vela branca
Aceita o vento nervosamente

(Talvez uma jangada me trouxera
A voz tragicamente azul de uma mulher
E o suicídio no mar como muitos)
Um poema, como um sonho no salão que preferira
Numa dança primitiva
Um poema, como um outro poema
Tentado sobre uma pedra que o sol magoara
Um poema como um outro poema puro
Que as aves levaram e levaram para um monte
Que as asas aproximam
Um poema, como o instrumento
Que a mão operária utilizou
Um poema como o meu suicídio
De murros dolorosos nos olhos
De onde o sangue vazasse e cobrisse os lábios
Para nenhum lamento
Um poema como todas as coisas
Em processo e as já passadas
Um poema como a luz que cruzara a noite
Incerta ferindo os olhos de sono
Bem certo de que um homem provável a conduza
(Que certeza tenho neste poema?)
É um poema, um grande poema
Um poema triste
Um poema, que me pode salvar e aos homens
Um poema de campo
Bendigo os homens que o semearam
É um poema que não termina
Transmito a mensagem de uma estação onde não chove
Voz de camponesa
Oculta numa igreja que a noite conserva branca
É um poema

Que as mãos do mundo o absorvam
Principalmente as das amantes mãos maternas
Porque delas virão os homens e as primeiras palavras
Como as que eu dissera
É um poema, é uma revolta
Acumulada pelos que me antecederam
Sob um estandarte rosa que não se consumiu
Embora o tempo passasse como as águas de um rio
Onde lavara os cabelos da amada
É um poema pelos homens
É um poema pelo que passa
É um poema pelos que virão
A viver um tempo infalível que o poema apressa
Enquanto não fumo e aguardo
Com a minha mudez de quem participa
Antes de tudo um poema
Que eu não fiz e me ensinaram

Anima

Existe uma menina onde meu coração é doce.
Voz marítima selvagem eu guardo
O hálito da vítima o branco vestido e o traço
Do rosto dramático, dela
                                      do outro
E do meu um pedaço.

   São colinas os cavalos
E todas as lagoas envenenadas de lua e sangue.
Eu quero morrer e tenho medo
E quero morrer me conhecendo como um touro
   indomável
Entre as espadas e o toureiro.

   O meu destino partiu no expresso do meio-dia
E o meu consolo é amante da poesia.
Solitária atrás do muro a menina me acena e foge.
Seu nome escrito ninguém sabe
Porque mente com o sentimento e a verdade.
Quando ela me deitar entre auroras
E começar o martírio da ausência   eu
Serei apenas o sábio que chora   eu
Serei apenas o resto da madrugada   eu
Serei infecundo e o sapo que salta entre o inverno
E a demora de nada.

   Aqui estão os arcanjos:
O seu nome, sacrifício; o meu, clemência.
Na multidão a demência se anuncia

E eu grito entre meu gesto e o precipício.
Por que não digo
E não exalto a vertigem?
Por que não digo
Que a minha juventude se fecha atrás do refúgio
De um poema?
    O verso não me faz chorar nem me leva
Entre os parentes e o morto que me aguarda
Com seus dentes perfilados entre as cadeiras da sala
    silenciosa.
Só longe um pássaro.
Só perto a boca de uma deusa morta.
E no quarto as ambições do sexo
E a demora.

    Há alguém na varanda que passeia.
Alguém que me ama e incendeia
    No passado.
Não quero viajar e obtê-la.
Tenho que esperar a colheita da memória
    E a safra da miséria.
E quando possível encontrá-la.
    Não quero me dizer que sofro
Dormir doente a madrugada.
    Meu nome ela escreve sem doçura.
    E na sua letra se percebe exata
A imagem amarga de meu corpo.

    Rios de carne me afogaram.
Escaparam do naufrágio a namorada muda
E o pássaro incendiado e torto.
    Ah minha namorada que me esquece com a minha
        própria alma.

Se eu soubesse, me manteria simples
Como a folha, como a seiva, nada mais que a natureza.
Entretanto, penso — contra mim exerço e compreendo —
Que só por pensar sei o meu fim.
    Ai de mim que era terno. Ai de mim, que era o vento.
Agora sou quem me espera.
Agora sou quem me atormento.
Agora que me ausento e ando lento para bem mais longe
                                          de mim
Flores, vejo bem claro, molhadas ao vento.
Daqui a um tempo rebentarão e tudo será novo
Menos para mim, que me despeço.
As flores não aguentam a presença da terra e arrebentam.
E eu não aguento morrer e me arrependo.
(Ah ser apenas como as flores que só sabem nascer e
    morrer e nada de sentimentos.)

Há alguém na varanda que passeia
                              e não se detém.
É alguém para quem não sou.
É a noiva que passou no trem
Para quem a morte já não vem.

Eu queria ser demente na varanda de meu pai
Mijar as flores, sorrir da lua como um louco
                                      ou um cavalo.
E não saber a quem ponho fogo a quem recebo a quem
    falo
E não saber que adormeço
E não ter entre acordado e dormido os intervalos do
    sonho
Sonhar sempre sem intervalo.

(Ah e não saber a quem esqueço)
E andar demente entre as visitas,
E andar demente entre os acidentes
E andar demente entre as meninas que nos amaram.

Anda no passado o meu presente.
Do leito do acaso quero colher um amor amargo
    Ou obtê-lo no passado.
A menina que me conhece não me reclama.
    Minha alma era mais vasta que a cama em que se
        deita
Mas o meu corpo era mais largo que a alma que rejeita.
Assim nossa dimensão é absurda
Se mede na proporção da perda.

    Espero que alguém entenda tudo
E quando eu passar não me esqueça.
Nem esqueça que um sentimento mudo é absurdo
E muito mais absurdo um ato que não se entenda
Ou ainda que alguém pareça mudo porque fez como
    linguagem a própria natureza.

Atrás de Deus está o espaço que suas mãos tateiam.
Lá passeiam meus vícios.
    No escuro da eternidade escrevemos, nos exercemos
Esperando que a mão pesada nos encontre e precipite
Nos tire o equilíbrio clandestino, atrás Dele.

    Sobre a ponte, três vultos me acompanham:
Um reclama, um me chama, outro me ama.
Ameaçam os campos e lastimam a chuva
                        um se curva

E aponta o horizonte.
    O vulto que me ama
Apenas ele me precipita da ponte
E nas capas de seu martírio se faz mais forte e se esconde.

Na queda só perco o nome dos vultos e o meu nome
Mas sou levado do suplício para novas fontes.

Canto quase gregoriano (fragmentos)

I
Então, cidade, como estás em teu moderno estado?
E como nos têm tratado teus convertidos prosélitos?
E teus alcaides, cidade,
O que de novo têm praticado?
(Estás ainda tão feia quanto teus brongos, alagados)
Seriam traumas, sequelas, dos tantos que endividaram
　tuas tralhas?
Ou será tua sina divina não teres ninguém que te valha
Vestindo gravata ou saia?
Quem te governa, cidade
É a farófia revolucionária ou a direita canalha?

II
Desde Tomé que a gente paga pra ver
A utopia prevalecer
E as Coreias proliferando
(E certamente não é que falte fé ao baiano)
Continua ele votando
(Mas não passas de um ex-voto do milagre
que o demo vem praticando)

III
(E de que valem todos os santos
Se pra baixo te ajudam todos os soteropolitanos?)

IV
E então, Salvador
Mudaste a cara do *Pelô?*

Tiraste de lá o povo
Tocas já outro tambor?

Os que antes lá roubavam
Passaram o ponto aos doutores?

Os traficantes trocaram
De drogas e os mercadores

Vendem outras ilusões
E o amor cotado em dólares?

VIII
Se teus esgotos esgotam
Teus cidadãos pacientes

Pelo menos uma máxima
Aos que vomitam concede

Quem maledicente fala
O repto consente —

— Se o meio ambiente exala
É inepta ou inapetente

A gerência da cloaca?
(Ela fede abertamente)

XVI
Que querem teus governantes?
Negócios e negociantes
Dinheiro, como dantes

Para o terceiro milênio
Convênio com os empreiteiros
E como dantes, dinheiro

XX
Se aos justos difamas
E alcaguetas

Digam de mim teus ghost-writers
Toda maledicência

De mim podes dizer que sou
Teu proxeneta

Já que não podes dizer que sou
Teu poeta

De mim podes dizer que sou
Teu drogado

Já que não podes dizer que sou
Teu advogado

De mim podes dizer que estou
Ressentido

Porque proíbes a esperança
Ao meu partido

Mas deixa ao menos que eu seja
O que o futuro deseja

E o que será a tua estética
Uma nova ética

Poemas
[1987]

Pobre república pobre

I
É um dia de república
                     pobre pobre
república azul
Como o primeiro dia do descobrimento
Plumas de arara
               jurunas
   o mesmo cruzeiro do sul

    É um dia de república
Como um dia de Tomás Antonio Gonzaga
    um dia de forca
    mais que um dia mineiro
um dia de Alferes e não Silvérios brasileiros.

II
    É um dia negro
Como teu dia Zumbi dos Palmares
    É um dia vermelho
Teu dia, Marighella e companheiros
    Novamente azul
Como o perverso dia dos mangues
    e canaviais
    Um dia em transe
Como os dias de Antonio Conselheiro
    Como os dias do teu novo cinema
    Amado Glauber

III
    Águas de março e abril
Águas do desabrigo, lavai o nosso desamparo

    Um dia do Fico, o dia em que partes
Desamado dia da pátria mais desamada
    Salve, Salve

IV
    Sem dente de ouro e sem ouro
Hoje é o dia de Tiradentes
    não é o dia dos traidores
    Dia dos enforcados
Nem ladrões públicos
                   privados
    nem vômitos da mordomia
    nem doleiros
              muambeiros
nem dia dos dez por cento
            é dia da agonia
            é dia do sofrimento

V
    Cem milhões de atos
    litúrgicos cirúrgicos
    rasgam o teu ventre

    Estão abrindo o futuro
    no corpo do presidente

VI
Estão limpando o planalto
Estão lavando a planície
As bactérias resistem
Diz o noticiário

Velam templos e terreiros
Tanto pus nos impuseram
Entre a vida e a outra vida
já são mais de Sete Quedas

Já são mais de trinta dias
Adeus, adeus, Sobradinho
Acabou-se o sofrimento
Acabou-se o coitadinho.

(Que se acabem as prisões
Serras peladas
                    filas de Inamps
secas
    inundações)

VII
É dia das elegias
dia de fazer repente
Diz o povo em sete sílabas
Não morreu o presidente

Cem milhões de bisturis
Estão limpando o teu ventre

Velha e suja república
Não morreu o presidente

                        Vivendo a tua morte
                        Estamos vivos novamente
                        É a ressurreição da pátria
                        Não morreu o presidente

Te vejo nas avenidas
E tão apaixonadamente
Sarando num bloco sujo
Não morreu o presidente

O dragão ficou ferido
Vomita o sangue da gente
É pus da velha república
Não morreu o presidente.

VIII
    Amado filho de S. João Del Rey
Não somos filhos do ventre sujo
    e doente
    Somos filhos de tua guerra
    Contra esta república velha
que combates dentro do teu próprio
    limpo ventre.

IX
    Asas azuis
    Garras azuis, não

Jardins de flores
Jardins de maio, não

Abril já não é o mais cruel
— mês da ressurreição.

Não escrevo porque não penso.
Ou não estão dando te
mpo para organizar os espasmos, as soluções,
meu pulso anda sempre em zer
o ou tudo. Não há tempo para estancar os poemas.
Nem para dimensionar o
s códigos. Vale quando escreve escrevo.
Depois me vejo. O papel é
apenas o espelho em que escrevo e me vejo.
Não posso agir sobre minha im
agem. Sei o que estou. Apenas o cavalo
neutro do outro, o Eu que car
rego. O inferno interior. Exterior de mim mesmo.
A dialética é ótima par
a exercícios e absurdos. O fantástico faz
sua própria lógica, pouco impo
rta o final. O juiz será sempre relativo.
Estou mais à vontade para o
improviso da inconsequência, o crítico levantará
o mistério e me absolve
rá. As condições não eram boas.
O poeta brincava consigo e o mistério de
haver perdido a fórmula. O formulário
interno da forma. Aquela mágica qu
e acabava meus versos, aquele instantâneo
de razão e pranto, circular e
orgânico como meu sangue nas veias,
como meu sonho. Campos
e cordeiros se comem desde a mútua

invenção do tempo. Por mim, se a esta
ção é plena em flores, amarelo ou verde,
trato de escolher margaridas e
me esconder pelo menos neste sentimento
que eu sei vir de um domingo an
tigo de uma namorada que não consigo
rever e comer, saudosismos, é assim
que vou mantendo a razão de continuar vivo,
sabendo o mal que me trouxe
saber que tudo é relativo.

eu vou parar
que venha a noite

se viver com luz
          amém

se viver escura
          amém

se vier mulher
bem, aí muito bem

Sta. Cruz de la Sierra
estoy sin finalidad
como si hubiera en nadie
ni mentira ni verdad

¿Que hay, corazón?
No sangrar, no decir
en la boca achachairus
y palabras sin raices

¿Quien son ellos?
Caras, brazos, corazones,
mujeres, hombres, niños
¿Quien son, los compañeros?

¿Pasajeros, o no?
¿Hay que amar o no?
Yo lo sé que riendo
minto mi gran dolor

¿Mas que hacer quando
ya los puedo conocer?
¿Quando me siento estranjero
de mí, solamente para mí?

Sta. Cruz de la Sierra
me salve, me muera
me resuelva el nombre
oh Sta. Cruz de la Muerte

Sta. Cruz de la Sierra, 21 de janeiro de 1974

Como me espanta o espanto
do homem que senta ao meu lado
Veste terno de engenheiro
E pânico funcionário

— E eu não leio O Marinheiro
poema quase dramático

Corre pelas ruas um vago rumor de asas
segue o poeta nas brumas
                           no seu hábito
                               calado

Calado no seu coração
um vagido   um vago ai
                     ai de onça
                     um gemido
                     (ai da moça
                     que dê ouvido)

Nas ferozes sombras do muro
distingue formas o acaso
                     da chuva
                     do lápis infantil
                     do terror
                     sangue
                     e escarro

(não foi deus nem o poeta
nem acaso quem pôs a pedra)

— a cal a sombra o sarcasmo —
é tudo pintura moderna

Como se derrama um vaso
animo as salas mortas
que eu simplesmente trago
dentro da minha vida

Como se levanta um Lázaro
passo as noites que me passam
exercitando os pássaros
a circular sobre os mortos

— sussurros no assoalho
nem redivivos mortais nem seus fantasmas
    ratos
são apenas os ratos
devorando as ilusões
        a madeira podre
        e o vazio da sala

Ciclo de navegação, Bahia e gente
[1963-1975]

a

Urge despedir sem termos
quem os teve antes do cais.
Diz-se adeus, gesto resumo
completo no que se não faz.

Não é pranto. Ao definir-se
adeus é viscosidade
perdida, ao golpe que rompe
ou separa quaisquer faces.

Não como quebra o espelho,
fácil, por pedra ou murro.
Sua imagem ganha defeitos,
a do adeus fica a seguro.

Melhor dura esta de pedra
dentro de uma nova esfera,
corpo que a forma e guarda
alta e ainda pesada,

como antes estava própria
no seu corpo de imagem.
Agora não mais em si
ela mesma em outra carne.

b

A, não dizendo a que pesa,
embora carne e completa,
Não acrescenta ao volume
do corpo que a encerra.

Carne que não é, por certo,
de boi sangrado. Se sangra,
não foi cortada e de menos
não se salva: é carne humana.

Faz guerra, rouba e mata.
Não resumo a que falo,
entretanto, a tão pouco:
pois de adeus sofre espanto,

tem medo, espasmo e pranto,
carne retida em tensão,
que pulsa, carne lutando,
carne feita coração.

É carne em convulsão,
carne que se despede. Frio corpo
em, sobre amurada ferro,
lento galope ao remoto.

c

Alguns dirão que o remoto
não existe ou sendo,
é apenas matemática,
não importa em sofrimento.

Antes de saber-se falso
o conceito, agora importa
se lugar ou tempo saber-se
para que provar-se possa

categoria mais humana,
que numérica. É tempo.
Mas não tempo de medidas,
tem sabor e é mais denso.

Digamos: ações inúmeras,
formas condensadas, juntas
que ao fim é um retrato
de coisa ou pessoa única.

E também se for lugar
(que certo há de ser tempo)
não será categoria
alheia ao sofrimento.

d

Vida que não é presente,
com lugar ou tempo entre,
vida à Bahia e São Paulo
tem clima diverso e amargo.

É mais de morte, é severo
à pele o clima do norte.
O sul tem clima de lâmina:
é frio, penetra e some.

De amor ao clima baiano,
do norte o mais puro e alvo,
dormiremos a Salvador
embora o corpo a São Paulo.

Como a pessoa do norte,
direta, lembra mais forte,
as gentes que se separem
estarão ao lado norte.

(Tendo mais luz a Bahia
grava firme sua imagem —
duram mais dentro dos olhos
seus traços de limpo lápis).

e

Viagens são mais efeitos,
morte que se causa em morte.
Viagem fia-se ela própria,
efeito que efeito importe.

Se causa, redundariam
círculos de causa. Se anda,
sabe-se que a um novo ser
o seu conceito não avança.

Causa que se causa, tal
a sua equipe de fases —
tanto mais se apressa o barco,
tanto anda é mais viagem.

Também se for efeito, é sem
mola, porque é coisa mesma.
Será efeito em efeito,
coisa sem fases, inteira.

Mas se poderá dizer causa
e desespero. Este, efeito.
É causa, manhã e barco
que ao porto vê-se perfeito.

f

Assim se é causa e efeito,
viagem resulta em ausência.
Já começa esta mais cedo,
quando inexiste a primeira.

É especial o processo,
de outros do viver diverso:
efeito que se desenvolve,
sem a causa que o promove.

É bala que matou antes
de impulsionada a tiro,
ou fruto que alimentou
ainda o corpo em flor vestido.

Da ausência como ausência
dizer-se é dificuldade.
Não há maneira segura
de lhe fazer-se imagem.

Parecera ser presença,
ainda que só em lembrança.
É mais montante o que fica
que o perdido à distância.

g

Ausência é coisa entre
as outras que não entendo:
confunde que seja o ido
ou o que guardou-se dentro.

Não será do que se bebe.
Provável que a sede de água,
embora devore e mate,
a esta não seja ingrata.

Falta de gente significa,
nem jamais do que se come
— suportar sendo o costume
do próprio viver-se ao norte —

carência do não se sabe,
furo no corpo por golpe,
tendo velado contexto
mão ou arma que o transporte.

h

Não há agora, decerto,
gosto algum a concluído.
É por ausência ou presença
esta palavra (ou grito)?

É culpa que se derrama,
sendo tudo decorrência
de fazer-se ao lado ou contra,
quando o fato se processa?

É não saber-se ao certo
o fazer, tendo já feito
Devido fazer-se pranto ou,
ao contrário, secreto?

Mais justo o cuspo, o muro?
Joelho ao cais, pedra, tijolo,
abraço louco a não deixar
rasgar-se hoje águas do porto?

Todo o esforço (quem fez?)
não se tornaram bastantes,
se muitos, para salvar
o corpo desta viagem.

i

A esta hora não encerra,
quem dorme, luta ou pecado.
São menos longas as pernas
que o sono de chumbo é largo.

A dia sol de janeiro,
andando calmo e preciso,
dos olhos perdeu-se intacto
ferroso e inglês navio,

Sumiu sem ruídos onde
se acaba o poder de vista,
ficou vazio o espaço,
e a moça tornou-se líquida.

Dorme hoje ao lado de fábricas,
se dissera, hoje não fala.
Respira ares que não sei,
só pelo espaço que entre tem.

Mas espaço entre, de que?
Se existe somente um mundo,
aonde irão as viagens,
— se cada porto o é de tudo?

Separar-se é maneira
que não é. Sendo a terra
nosso enquanto e onde únicos,
à distância estamos juntos.

Participação n'*O Pasquim*
[1970]

Jimi

o urubu é a ave do paraíso
a morte é apenas um aviso
um chamado urgente do inferno
o urubu é a ave do paraíso
a morte é apenas um aviso
um chamado urgente do inferno
o urubu é ave do paraíso
o verso já foi escrito
o som já foi perdido
proibido
proibido
o urubu é a ave do paraíso
a boca é o beijo permitido
aparente, permissivo
mensagem urgente: o paraíso foi aberto
manifesto: o anjo voltou ao inferno
a morte é apenas um aviso
recado urgente
soltem a ave do paraíso
jimi hendrix
réquiem
há uma guitarra solitária no coração da América
é o meu irmão
há uma sanfona panfletária no coração da América
é o meu irmão
é minha alma atrás da banda elétrica
de um crioulo doido
de uma corda abandonada e um corpo de pedra
onde apodrece um coração

uma boca sem canção
o peito de jimi hendrix
o urubu é a ave do paraíso
a morte é apenas um aviso
um chamado urgente do inferno
recado urgente
o anjo voltou ao inferno
a morte é apenas um aviso
mensagem urgente
soltem a ave do paraíso

Rio de Janeiro, 18 de setembro de 1970

Inquisitorial
[1966]

APRENDIZAGEM (1962-1964)

PRIMEIRA PARTE

Poeta e realidade

1. O homem

Faço poemas como quem ganha:
Olhos em elmos, face tranquila.
Da dor, do mundo, da guerra,
No desespero de sua possibilidade,
Construo meu corpo entre berro e sabre,
Nasço minha vida ao curso da vida.

2. Didática

A poesia é a lógica mais simples.
Isso surpreende
Aos que esperam ser um gato
Drama maior que o meu sapato.
Ou aos que esperam ser o meu sapato
Drama tanto mais duro que andar descalço
E ainda aos que pensam não ser o meu andar descalço
Um modo calmo.

(Maior surpresa terão passado
Os que julgam que me engano:
Ah, não sabem o quanto quero o sapato
Nem sabem o quanto trago de humano
Nesse desespero escasso.

Não sabem mesmo o que falo
Em teorema tão claro.
Como não se cansariam ao me buscar os passos
Pois tenho os pés soltos e ando aos saltos
E, se me alcançassem, como se chocariam ao saber que
    faço
A lógica da verdade pelos pontos falsos.)

3. *Outra didática*

Dou ao meu verso usos de clareza
De um rio coerente à sua limpeza
Não desvirtuei a cidade que percebi,
Denunciei o fruto como o recebera.

Não me veio pressa ao fazer ou adquirir.
O que fiz exigia madurar-se em corpo;
O que adquiri foi bom, sendo por carência.
Antes tive fome e sede, depois o gosto.

Como se me alternaram os caminhos,
Preferi aquele que ao mar se prestaria
Qual raiz de acontecimento.
E alguma vez me encontrei perdido.

Ante desvio e ponte arruinados
Surpreendido, o verso é grave e pesa, o verso é grave.
Mas como tudo, sei, guarda um sentido
Nenhuma tristeza tenho da realidade.

4. *O poeta de si*

Vezes me surpreendo
Com os olhos no céu,
Admirado de hábitos
Que julgava não ter.

Alguma estrela procuro
Ou procuro a mim mesmo
Com quem convivo
E desconheço?

(E faz o troco consigo
No jogo de seu enigma
Entre ser e não ser que fosse
Senão forma de elegia

Por si já desconhecido
Pelos sentidos:
Ser estranho, além de si,
Como indivíduo.

E vezes pode se açoitar,
Chorar-se e querer
Com o mesmo gozo e desejo
Com qual se açoita, chora e se quer

O diverso amante
Sendo o nenhum e o dobro de si ao mesmo instante.)

5. O desistente

Vou tentar a desistência
vou sentar aqui
ficar sem ir
e esperar por mim que vem atrás

os frutos caem
o carro corre
o poeta morre
o mundo marcha para sua manhã
e a sinfonia não para

— sendo fatalidade, fico aqui —
se em tudo existe a própria máquina
pouco acrescenta ir ou não ir

gritam
pulam
ficam eufóricos
        nunca práticos
        todos teóricos
abrem camisa arrancam gravata
dizem senões
perdem os botões
e permanecem homens
        filhos da hora
        irmãos do momento

eu vou parar
que venha a noite

se vier com luz
        amém

se vier escura
        amém

se vier mulher
bem, aí muito bem.

6. *A viagem lúcida*

De minha certeza me organizo.
Tenho a coerência de todo ser que vive e se ilumina,
Guardando a precária exatidão de seu sentido.

Ando sem possibilidade de por mim mesmo
Retornar à sombra da árvore antiga.
Não uso olho e língua para criar Deus em mim,
Em mim a dor humana eliminou a condição divina.

Hoje parto sem desespero, sem melancolia,
Parto sem me deixar na sala dentro de qualquer
    lembrança.
Carrego inteira a memória
E a pouca preparação do real.

Parto como quem vê,
Como quem morde fundo e distingue longe.
Assim parto sem lágrimas,
Para estar lúcido e compreender a viagem.

7. Poesia pura

Vou caminhar sem mim que sofro e sonho
Enquanto real elaboro o canto.

Negarei que as coisas me incomodam
E entre as coisas farei referências neutras ao teor das
    coisas.

Sem ser criança de olhos distraídos
Escancarados em nuvens e fragmentos
Abstratos.

Sem ser maduro, de olhos fechados
Por símbolos e imagens duras
Eternizados.

8. Poesia pura

Se esta é a busca da noite enquanto noite,
A busca intensa que nada perturba,
Nego a sensibilidade, pois ela acrescenta.
Nego a compreensão, pois ela já tem noções
E pode perturbar a flor pelo conhecer do homem.
Hoje não relaciono, não comprometo.
Quero a coisa em seu íntimo mais grave
Quero a coisa, essencialmente a coisa,
A coisa metafísica, para provar a impossibilidade.

9. *O desesperado*

Que asas são que à noite bateram
Nos vitrais e se amputaram?
Que pés a estrutura perfazem
Do caminho sem alcançar água?

Que filho a mulher pariu
Para a comemoração nas praças?
Quem fornece os versos
Sem sequer elucidá-los?

Quem usou essa voz, quem?
Quem utiliza a música
Na rua tão gigantesca, quem?
Quem comanda o massacre, quem?

Quem é lírico bastante
Para se comover ou
Quem é idiota talvez
Para ainda lastimar-se, quem?

Quem sofre e a quem perturbam
O orvalho e a flor
Na mesma relatividade sempre?
A quem perturba esta normalidade?

Quem se abraçou à árvore
E quebrou sua carne?
Quem cortou os olhos e viu
Ainda a mesma coisa em si?

Quem dormiu profundamente
Com montanhas no coração?
Quem enlouquece ou quem termina
A frase ainda consciente?

Quem para morrer tranquilo
Apura toda a sua vida?
Quem aconselha e não fere?
Quem ainda ouve e acredita?

Quem alcançará o culpado
Do rosto que então se pisa?
Quem aborrece? Quem grita?
Calai criança e poeta, calai tudo.

10. *O poeta*

O poeta não mente. Dificulta.
Como ser falso o caminho?
A mensagem é luminosa, flui, a mensagem é líquida.

Mentira que o poema sublime
O medo e o sofrimento.
O poema é trabalhado, dói, o poema é amargo.

O poeta não fugiu ao poema.
O verso amadurece como fruto:
Revela-se a semente quando a fome o parte.

O poeta não idealiza.
Seu caminho é humano
(Mas que pode o poeta se não lhe alcançam o símbolo?)

O poeta é gago.
Se não o amam, se não o esperam,
Não se elucida a palavra e o voo cai.

A ponte ou às vezes o rio:
O poeta não está sobre as coisas,
O poeta depende, o poeta as sofre.

É homem o poeta.
Sofre o tempo, a fome e o corpo
Da mulher amada, como chora e morre e chora.

O poeta é livre para danificar a ave.
O poeta não danifica a ave,
Executa sem matar, porque o poema é propriamente e
    não ave.

SEGUNDA PARTE

1 — *Aprendizagem*

I
Como entre homem e ave sobrevive imagem
Busquei em mim, e éramos parecidos.
Mas, quando edifiquei, achei-me.
Pois cada espécie está em seu ato.

O homem é um ato homem; o pássaro, um ato pássaro.

II
Das coisas mais simples minha textura tornou-se
Tanto da iniciação a severidade do que sei
(O homem faz a bala, a bala mata o homem.
Derruba-se o cavalo, cai o rei).

Na premissa de noites custosas
Aprendi meu rosto, os olhos e mais sentidos,
Não nascendo a vida em episódios
Mas em ciclos, em fases, dolorosos ciclos de noite.

A vida é a consciência de seu exercício
E até saber-se mais homem que ave
É preciso sensibilidade como peixes
E o vínculo da prática à própria imagem.

III
Agora que me sei não pássaro
Mas homem ato, guardando vínculos,
Sou um gesto particular dos atos
Do homem geral em geral ofício.

Sou assim compreendido de outros.
O que eu seria outro ser não fora,
Embora juntos na inteireza do todo,
Diversos de carne, fôssemos a classe.

Ato classe, homem ato, homem classe.
E pela classe minha palavra seria repugnância,
Coragem de permanecer e dizer,
Fosse poesia ou pornografia.

2 — *Semeadura*

I
A terra é nova, o tempo é outro.
Inútil a insistência dos agricultores
Para arrebentar com o mesmo método
O solo.

A terra é nova, insisto, o tempo é outro.
Inútil a insistência dos agricultores
Em lavrar a floração do solo.
O sol.

A terra é nova, o tempo é outro.
Inútil a insistência dos agricultores
Em tornar virente o solo.
O homem.

II
Se a terra é dura e o tempo outro,
Tenham-se força e ágil memória
Para guardar onde a terra cede
E quando a semente aflora.

Contra a precisão do sol
Basta se opor parte do corpo
À queda da lâmina clara
Que devasta o solo.

Mas se incomoda à floração
Ou colheita outro homem,
Neste caso, não se aplique pouco:
É com todo o corpo que se resolve.

III
E saltam de repente,
Ante consciência e ato dos agricultores,
O sol, o solo, o homem,
As flores.

3 — *O homem é o rio, o rio é o mundo*

O desenvolver-se do rio é pacífico.
Porque anda, seu conceito é sempre outro
E assim, para manter-se em sendo fio,
O rio se obriga a um novo corpo.

De então é fácil navegá-lo.
Transformá-lo é deixar que seja
Ainda um rio, sempre um rio,
Para que sendo não permaneça.

Ao navegante, entretanto, jamais acomodar-se.
É preciso, ao seguir-se a rota, apressá-la,
Ser mais ágil que o rio
E colher a cidade antes que seu leito o faça.

4 — *Navegação didática*

Quis conhecer o rio, habituei-me às navegações.
(Se à curva não propões o barco, tal preferência reta
Vai dar em margens de flor ou pedra,
Paralisando o curso.

Ao voo se necessita consciência de muros.
Anterior a ser livre é experimentar limites
E daí ser o projeto que se autoedificasse
Em corpo bomba que os destruísse

Ou, se descendo um rio, corpo sensível
Que os evitasse.)
Viajando assim, vai surgir, limpa e forte,
A cidade, como nasce um dente: inevitável.

5 — *De não ser, sendo constantemente*

I
Não sou o mesmo de olhar vazio
E palavra sem consequência usada.
Andei pesando esse medo
Em interrogações do que seria o poeta
Ante estruturas que o antecederam,
Cercos de ferro, fechos de ferro, cercos.

No caminho de minha volta
Esqueci canções, dupliquei memórias,
E aceito como verdade humana
Que o homem é um caminho ao homem,
Processo e pouso, caminhante e rota.

II
Não sou o mesmo de olhar vazio,
Homem a quem satisfizesse a superfície.
Hoje, ao me servir do conceito rio,
Refiro corpo, estreito e grosso, como existe.

Não sou o mesmo de olhar vazio,
Homem a quem satisfizesse a superfície.
Hoje, ao me servir do conceito homem,
Refiro corpo, inteiro ou pouco, como existe.

Não sou o mesmo de olhar vazio,
Homem a quem satisfizesse a superfície.
Hoje, ao me servir do conceito mundo,
Refiro corpo, em processo ou morto, como existe.

III
Não sou o mesmo de olhar vazio.

Eu era um bicho que nem sabia das cercas.
Um dia, em campo onde pastava, faltaram fruta e água.
Aí, procurando a saciez, soube quantos bebiam minha
  sede
E quantos de minha fome comiam e gozavam.

6 — *Num latifúndio e senhor de, internamente*

I
Há os que imaginam imagem doce
Um latifúndio.
Não sabem, porém,
Inverter-se, nesta área, o valor de mundo:
O homem, às vezes, é um absurdo
Se torna demais (ou se torna pouco)
Pela estação ou pelo custo —

Aí, entanto, boi (ou boiada) jamais é muito.

II
Do senhor de latifúndio
Um lado dorme
Nunca atingido por sol ou pássaro.
Entretanto, um lado é claro.

Se um lado é escuro, nunca preenchido
De claridade,
O dormir de um lado
Põe o outro em dobro de atividade.

Onde aritmeticamente
Sabe as posses
E onde é ágil e disciplinado
Para fazer-se mais forte.

Pela atividade deste lado,
Que multiplica os pastos
E os administra
Pelo definhar dos homens.

III
É um homem tal um território
Que cada vez fosse mais pouco
Por não sentir-se ao norte.
E assim, em cada sítio
Em que se localizasse,
Tivesse subtraída a parte norte,
Parte de homem que lhe desse
O total de sua imagem
 — Sendo então em si
A ausência sempre da parte
Humana — dita norte —
De suas metades.

Por isso está sempre só,
Com a boiada e a paisagem.

IV
Ali não arde chama
Que revele a câmara
Fechada.

É como sala vazia
Nunca jamais visitada.
(Nem digo que seja sala

Onde presenças se desgastassem ao pó.)
É um vasto salão sem memórias
Diante as quais se detivesse,
Ele, andante e desavisado.

É tão sem referências
A extensão deste lado
(Sem contraste de fato ou coisa)
Que passa despercebida a existência de espaço.

Busca da identidade entre o homem e o rio

I
Um homem é mesmo que um rio,
Que sabe, depois que nasce,
Sua forma enquanto cresce
Pois conhece a rota sobre a qual caminha e faz-se.

Um rio é sensível em todas as pontas:
Onde se limita com a pedra,
Onde o espaço entre ele e o céu ou, imediatamente, a
    terra,
Sabe exatamente tudo o que lhe toca.

Assim é total,
É todo a realidade.

E sentindo-sendo sua múltipla face,
O rio é inteiro e não um quase.

(Pois o rio é puro e a nenhuma delas põe disfarces.)

Também o rio não é a pedra, céu ou ave que toca,
É também a própria realidade,
Pois não é a cópia da pureza de outra face
E também inutiliza, deforma, muda o que o contorna

(Pois o rio não é o que reflete, mas a luta de sua passagem).

II
Como um homem um rio não tem coragem
Como um rio um homem não é covarde
Ambos agem.

Como um homem um rio não pode ser pressentido
Pois adiante pode ser diverso
Do antecedido.

Para perceber rio ou homem
Há que acompanhar seu curso.
Parado nunca se pode.

Que não há fatalismo na raiz de homem ou rio.
Um homem (ou rio) não é predeterminado,
É construído

A não ser que se torne um círculo,
Se não caminha (na morte),
Não existe homem nem raiz de rio.

III
Agora apuremos o resultado da imagem:
Como um homem, um rio não tem braços,
Não tem corpo ou forma fixa de corpo,
Só tem atos.

Como um homem um rio não é feio,
Pois antes de si não há belo de rio,
Como um homem um rio não é suicida
Mas um suicídio.

Como um homem um rio não se alcança.
Não é o seu fim.
É o seu meio que tem de achar-se
Pelo seu agir.

Mas um homem não é nunca seu fim
Mesmo se agindo,
Nunca se encontra em si,
termina sempre mais amplo
Tal em mar se acaba um rio.

INQUISITORIAL (1965)

Para a companheira Bete

I
Cúmplices da comoção moderna,
Galhofamos no teatro e no cinema
Ante o III Reich.

Galhofamos do desencontro
Entre discurso e realidade.

(Mas a perda do sincrônico
Se dá por nossa memória
Ou pelo   dedo de Chaplin.

Ao tempo real, eram ambos coerentes:
Discurso e realidade.)

II
Quando um soldado capenga
Surgir em cena,
Não compreenda, e se compreender,
Não ria — porque não estamos
Ante um soldado nem ante o III Reich.

Quando um tanque se precipitar
Da ponte,
Não cante, e se cantar,
Não dance — porque não estamos
Ante a firmeza do tanque e a verdadeira ponte.

E quando um gueto se sublevar
E for morto heroicamente,
Não comente, e se comentar,
Não glorifique — porque não houve heróis,
Só houve homens no III Reich.

E, ademais, não se diga
Indigno III Reich.
Porque não houve indignidades,
Só houve o tempo.
O tempo não tem adjetivos: é ou foi e faz-se.

III

Agora, amadureço a questão.

Nós prontamente solidários com a memória
(Compromisso sem perigos)
E o desespero irreparável dos mortos,
Se àquele tempo presentes e vivos,

Como veríamos o III Reich?

IV
(Para responder, não te transfiras
A cômodo, como agora.
Busca adquirir a cidadania alemã
E depois, estável, responde:

Ao curso de fuzis e verdades da época
— Considerando o risco de tua estabilidade —
Operário ou proprietário da Mercedes Benz,

O que farias no III Reich?)

V
Em nós o tempo é o mais humano,
E hoje de homem não temos senão o tempo ganho,
Fração de um tempo maior
Que a vagar se compõe, tão árduo.

Por isso pergunto:
Em todos os tribunais passados,
Que lado ocuparíamos

Pois que somos mas não somos ante o tempo
E também seus acidentes
Históricos e geográficos,
As estações, a carência e os meses?

Se ainda fosse abril,
O que faríamos, sendo em tempo do III Reich?

VI
Agora que estimamos
A incerteza
Ante o III Reich;

Agora que estimamos
Menos perigosa
A participação da memória

E muito menos eficaz;
Pergunto: tu, ante o presente,
Como te defines ao que será passado?

Há urgência de resposta, antes que a noite chegue.

Carregarás fardos para evitar
(Repara que o rio corre e a noite vem como onda)
Ou deixarás que apenas sejamos o tempo
E irreparável memória?

VII
Como existir e ser ante o III Reich
E qualquer um outro tempo de inquisição?

Diante escolha dada sem senões:
Vida ou absolutamente nada,
O nada mais roído,
O nada mais raspado,
Sem pontes ou rios, sem rios, sem pontes
Às fugas e navegações?

Ao dizermos sim, estamos com eles.
Não, e nos perderiam de tudo mesmo de nossa
    intimidade,
E, na praça,

Sorririam de nossa solidão, nossa extrema solidão,
   nossa solidão na morte,
Consequência deste caminho de contradição.

(Quando semelhante escolha
Nos vierem pedir,
Que coisa diremos
Se só temos a vida,
A necessidade de preservá-la
E a compulsão de defini-la?

O que agir, se o que agimos
Nos define a vida
E a consciência
Desta mesma vida
Ante seus momentos
E ela mesma ainda?)

Ah, como louvamos o tempo
Que nos põe distantes,
Só importando em memória
A nossa escolha e saída.

VIII
(Como nenhum roteiro são
As navegações do barco,

Não há previsões que possam conceber o que seja
Anterior ao seu ato.

Qual a determinação da cidade
E do caminho ideal de abordagem

Não evitam a pedra,
Calmaria e tempestade.

Portanto, ainda mais se complica a questão
Do que ser ante o III Reich.)

IX
Nada a perguntar
Se esquemática, fatal e somente

Judeu fosse judeu
E operário, operário,

E não como são:
Eles e, inclusive, o III Reich.

(Ao existir nos pomos, às vezes,
Cúmplices da contradição.

De outra forma, nada seria dramático,
A simples previsão do roteiro salvaria o barco.)

X
Pois, sendo judeu ou operário
O que fazer ante o III Reich?

Se pretensa vinculação mais ampla, de homem,
Te impede de responder

Com vinculação real de raça ou classe,
Onde não se é bom ou mau homem,

Mas mau negociante ou bom operário,
Lembra-te do acordo de ato e consciência que possui o
    III Reich.

Então, como te farias um homem
Ante o III Reich?

(Isto não é simples como aplaudir ou chorar,
Comprometido com Chaplin.)

XI
Tenho medo da imaginação
E de todas as travessias,
Onde me possa superar a correnteza do rio.
Sinto medo de mim solto às divagações,
Onde não me determino.
(Mas que faria se já não fosse outono
E já não estivesse na outra margem do rio?)

Dou graças aos que passaram
E submergiram. Bendigo os que se comprometeram
Com o erro, para que eu não tivesse
De vacilar quanto ao lugar de vau
Para atravessar este rio

Da existência, tão largo, tão humano e extensamente
   largo,

E arrancar o fruto do outro lado.

XII
Não quis dizer que a tudo justifica o tempo:
Fora, fazê-lo, assaz temerário.
Nem tentei um poema para desesperar:
Diverge o intento. Quero dizer que o tempo não reflui
E inexiste chance de se provar a resposta
Do que seríamos ante o III Reich, mãos de SS ou meras
   mãos de inocente,
Participação mais grave que a dos que fizeram por bom
   senso
Ou interesse indefensável.

Escrevi para então,
Aos que dizem não posso, tenho limitações,
Posso ser posto de lado, à margem de direitos e
   comodidades,
Ou aos que têm dúvida de que a mudança é ótima.
Escrevi aos lúcidos, aos que mais rápido entendem o
   símbolo
E outra qualquer linguagem, aos que, entretanto, calam.
Acuso este bom senso de salvar-se
Roubando balsas ao barco
Que se tomou pra viagem.

Mas tenho certeza de que, se apenas
Esses existissem, ainda amargaríamos o III Reich,

Como fruto constante
Na boca:

Fruto que não se come nem se joga fora.
Escrevo e sei que a todo tempo houve outros,
Com estes aprendo e me comovo,
E mesmo que soçobre o barco num relativo naufrágio,
Me mantenho atento às perseguições do porto.

ALGUM EXERCÍCIO (1959-1964)

*Aos meus pais, aos meus tios Afonso,
Morena e à Bahia, início de tudo*

Canção de minha descoberta

Eis-me resignado.
Fugi de tudo que fui
E pelo caminho de minha renúncia
Venho buscar bandeiras novas.

Agora persigo a palavra nova
Por eles que esperam com o coração amargo
E o grito dentro do coração.

Não poderei aceitar o silêncio
E ficar em paz com a morte dos desgraçados
Caídos sem voz em nossa porta.

As crianças minhas morreram todas.
Possuo cada vontade, cada medo, cada ternura morta
E vou surgindo novo entre lenços brancos
Agitados de dor pela mão dos homens.

Silhuetas

Tombou o primeiro.
O sangue desenhou uma rosa
No macacão azul.

Outros vieram
Trazendo bandeiras.
Caíram
Mantendo-as de pé
Enfiadas nos buracos do peito ferido.

Veio tarde e madrugada,
Nada parou o homem.

Agora
Canto as silhuetas
As de sangue no asfalto
Dos que caíram.

O hino está nas fábricas
        nas escolas
               nos olhos dos camponeses

A mulher está em casa
Ninando e esperando pão.

Canto grave e profundo

É pesado o desabar das horas no fim do céu,
Que se faz tempo e tempo para socorrer
O sangue derramado nos campos de pedra e sol
Dos que foram feitos morrer

Sem estender a mão para o fruto
Semeado e que se fez em resposta
Ao trabalho da mão nos campos de pedra e sol
No mundo em processo de classes superpostas.

E o trigo foi para outros lábios
Que não os que bendisseram a chuva
E choraram o sol com a fome dos filhos

E o pão foi servido na mesa de homens
Que não os que bendisseram a chuva:
E novamente é preciso semear os campos de pedra e sol.

Canto IV

O homem-senhor tem existência
Sobre posses e governa.
Boca estreita, de algarismos,
Corpo de lodo e pedras.

Grito de lobo e lâmina,
Memória de cifra e boi,
Fome extinta e lucros feitos
Dos que, sobre a terra, trabalham presos.
(O homem-senhor reina
Mas, coitado, nem sabe
Que todos os reinos caíram ontem.)

Não sabe ele as palavras
Em trânsito e a vida,
Lavra de ouro e comércio,
Nosso medo e vosso espanto.

Tudo, avisamos, em trânsito,
(As relações de trabalho)
Pastos, pontes, rios e posse.
Avisamos o tempo de homens claros.

Poema ao companheiro João Pedro Teixeira

João Pedro Teixeira, camponês
Tens à altura do coração a camisa perfurada,
Itinerário que dois olhos decidiram e uma bala cumpriu.
Uma bala democrática, João Pedro.
Agora, não tens só onze filhos
Que a tua fecundez de macho produziu,
Tens a nós, que a tua condição de líder construiu.

João Pedro, afinidades de origem nos aproximam
E o mesmo processo de existir sedimenta nossas mãos.
Trancadas numa só identidade.
Somos do campo, João Pedro,
E assim sabemos que a vida é uma verdade,
Uma verdade difícil, uma verdade de fome e sede
Anterior ao pão e à água.
Somos rudes, João Pedro, mas de adeus choramos,
E por resumirmos o nosso existir ao necessário,
As crenças mais simples se tornam severas.
Tínhamos ganho os hábitos mais ingênuos
E qualquer religião nos servira até quando aprendemos
Que só é merecido e real o mundo que plantamos:
E aí tudo é mais lúcido.
Aprendizes ótimos, não esquecemos mais, João Pedro.
Tu, que agora és coisa, não estás morto.
Sim, não tens o hálito quente
Para o rosto dos amigos, amada e filhos,
Não tens os pés experimentando caminhos
Nem olhos sobre nós gastando a resistência

De não acreditarmos.
Mas não estás morto.
Quem se confundir ao povo não morrerá,
Permanecerá porque não foi indivíduo,
Foi uma época, e porque não foi uma dor apenas
Mas um sofrer coletivo.

A nossa cidade, João Pedro, será alcançada
E com ela os homens.
Não porque seja poeta, João Pedro, porque irmão,
Porque sei a mesma linguagem como se nos beijássemos
E soprássemos uma só palavra.
Não tens túmulo, estás na praça.
Meus companheiros te amam
E tua luta permanece ainda sobre a terra
De homens e outros homens:
Porque todos, João Pedro, têm suas negativas.

Porque falaste, eles temem.
Eles não dormem, eles te cometem na memória
Embora te recusem em suas noites pânicas.
Teu rosto cresce e tua veemência,
A tua despedida forçada como eles tentaram
Não se realizou.
Viajas agora para a cama onde eles repousam,
Tens as mesmas exigências e nada te impede.
Já não podem te evitar, João Pedro.
Sem licenças te sentas nas cadeiras compradas
Pelo uso do teu trabalho,
Vais à mesa onde eles sentam e comem
E ali discursas.
Eles próprios compreendem que nada mudou
O crime contra o homem.

Embora fuzis te inutilizassem, João Pedro,
Não estás imóvel.
Os que falaram não se despedem nem se tranquilizam,
Não, João Pedro, não estás mudo,
Não há musgo nem cimento sobre teus lábios
Porque nós ouvimos. Ainda falas, falas conosco,
És a mesma água porque sentimos sede
És pão porque ainda vivemos
És a lição de como merecer o mundo
Porque ainda permanecem as coisas que a determinaram.

Não posso fazer um discurso, João Pedro
Mas tenho teu nome e me alimento
De esperanças ensinadas
De poesia celebro a tua figura acabada
E o sangue que lavou a tua camisa
Rota de homem do campo, perfurada à altura do
    coração
Itinerário que dois olhos decidiram e uma bala cumpriu
— Uma bala democrática, João Pedro —
E agora tua cabeça onde as coisas se colocaram
E te organizaram este homem
Sobe sobre nós e nos assiste
Com teus olhos de soldado para uma bandeira.
Cai de sangue um fio vermelho nos lábios
De parentes, que tens filhos, João Pedro, e irmãos
E tuas mãos, que plantaram terras do mundo
Estão machucadas junto à flor tremida de espanto.

Alvoradas completas já se distanciaram
Dos noticiários abertos nos jornais do mundo
Mostrando fotograficamente teu corpo tombado

Objetivo conseguido por balas deflagradas
Em fuzis democráticos: sim, João Pedro, democráticos
— Logo, fuzis do povo contra o povo.

Nasce este canto, João Pedro, nasce de ti
É tua consequência, que agora és semente.

O rebanho e o homem

O rebanho trafega com tranquilidade o caminho:
É sempre uma surpresa ao rebanho que ele chegue
Ao campo ou ao matadouro.
Nenhuma raiva
Nenhuma esperança o rebanho leva.
Pouco importa que a flor sucumba aos cascos
Ou ainda que sobreviva.
Nenhuma pergunta o rebanho não diz:
Até na sede ele é tranquilo
Até na guerra ele é mudo.
O rebanho não pronuncia,
Usa a luz mas nunca explica a sua falta,
Usa o alimento sem nunca se perguntar
Sobre o rebanho o sexo
Que ele nunca explicara
E as fêmeas cobertas
Recebem a fecundidade sem admiração.
A morte ele desconhece e a sua vida.
No rebanho não há companheiros,
Há cada corpo em si sem lucidez alguma.

O rebanho não vê a cara dos homens
Aceita o caminho e vai escorrendo
Num andar pesado sobre os campos.

Poema intencional

Há em cada substância a sua negativa
E a possibilidade de processo

Processo inexorável a ir ao fim
Meta a ser de pão e flores

A rosa será uma outra rosa
E nós já não seremos

Vejo nos olhos tristes de Maria
Um filho possível

Vejo na árvore antiga do parque
Uma cadeira, uma muleta, mas sobretudo um aríete

Descubro na boca angustiada
O hino pronto e pesado

É inevitável o acontecimento
Mas procuro ser um elemento

Carrego em mim a utilidade
Utilizo-me para um bem maior

Tenho que colher a rosa
E transformá-la

Tenho que possuir Maria
E dar-lhe um filho

Tenho que transformar a árvore do parque
Em cadeira, em muleta mas, sobretudo, em aríete

Formação de um reino
(a composição do rei)

Cidadãos, eis o rei.
Cidadãos, eis a coroa.

Contaram a mim que um libertino
Por azares e voltas do destino
Encontrara às soltas
Pelo caminho
Uma nobre roupa.

Como estava cheio de tempo, resolveu
De troça
Vestir a roupa.

Ao primeiro pastor tirou uma ovelha,
Ao segundo pastor tirou uma ovelha
E condenou ao terceiro.

Com tais mostras de governo, conseguiu
Pôr em volta em poucas horas
Numerosos servos.

Quando lhe parecera secar as obediências
Se fez mais duro, maduro e agudo
Como quem reina.

— Trazei vossas filhas, trouxeram.
 Com gosto próprio e dedo hábil,
 Separou as virgens e as despiu, tranquilamente sábio.

Ao pressentimento de que tremeria,
Vestiu-as de novo. E o povo ficou bobo com desprezo
    tão soberano.
O rei sorriu para si. Dentro, denso medo, mas por fora,
    era poder.

Com apenas um gesto desfez a multidão,
E aos atropelos correu as virgens ao canto mais fundo
    do escuro castelo
E lá pôde ser usuário e fraco.

Acostumou-se e de novo as trouxe à multidão
Refeita com outro gesto.

Esta vez, seguro as despiu e possuiu
Com um olho no gozo e outro no povo.
— Cidadãos, sou o rei.
— Cidadãos, sou o anjo.

Sim, só um santo tocaria as mulheres pondo tais
    distâncias,
Com sua metade de homem em vigilância.

Depois desta prova, ele, separando a multidão com o
    dedo
Foi até um menino e colheu seu pranto
Alisou a sua face e os seus cabelos.

Mas muito mais amado se tornou quando olhou o pai do
    menino
E lhe cobrou os quintos

E muito mais querido quando lhe arrancou os órgãos
   por castigo.
E sempre com seu dedo foi abrindo a multidão até uma
   jovem que o encarava
Sabia que a conhecia, mas fez-se de pouca memória,
Lhe perguntou quem era e o que sofria.
— Sou Madalena, choro porque me desconheceu aquele
Por quem me dupliquei e multipliquei para aquecer
E não me prefere quem outrora discursara loucuras
Irrompendo despido entre minhas coxas sem qualquer
   astúcia.

O rei fez sinal de perdão e passou a mão pela cabeça da
   acusadora
A multidão entendeu que ele encontrara alguém que lhe
   pedia misericórdia
E disseram: como é magnânimo o soberano.

O rei foi adiante,
Outra mulher rompia a multidão e gritava:
— Senhor, tende piedade de mim, que ainda não fui
   tocada.
— Senhor, meu marido não me basta.
— Senhor, apenas meu pai me teve.
O rei se continha para não sorrir ou se atirar a elas.

Dentro, sabia ter que matar o outro tempo.
Foi-se esforçando para cortar as pernas e a cabeça do
   libertino
Com a espada fazendo os cortes

Até estar completamente operado.
Pediu trono e palácio,
Ordenou os ventos, as navegações e quis literatura
    sobre ele.

E com astúcia foi voltando ao palácio
Onde cada súplica se perdia num clamor indistinto
Ao qual era mais fácil resistir.

Daí a pouco foi tido distinto, distante, divino.

Compreensão do santo

Todos os santos têm o sexo amputado.

E cansados de suster a própria boca
Maldizem ter fome, enquanto comem.

(De gula, assaz e sempre, estarão salvos.)

Sabem ótimo o benefício de dar-se
Mas em ânsias de céu, erram as doações pelo ar.

(Em dar assim, mais se exercem, mais se guardam.)

O santo é só um ângulo do homem.

Como se vê de um lado, enviesado
Anda em círculos, se perseguindo,
Doida figura que nas costas procurasse o seu sentido todo.

(Buscando o ausente, em Deus, faz-se íntegro e pouco.)

Canto ao pequeno burguês

Há o tempo.

Perfeito à sua estação, nasce
Denso e claramente o dia.

Bom dia, bom sol, bom tudo a ti,
A ti boa guerra (se assim puderam);

O sossego, a delícia, a ordem,
A ti boa paz (se assim quiseram).

Mudo, não pões a mão, não defloras,
És mais limpo e menos útil que a rosa.

Mas contra ti nenhum canto:
Basta que nasça claramente o dia.

Composição do demônio

Ambos os lados do demônio
São de diversa espécie.
Por uma face ele é vário
Ao que de todo parece

(Em si cada ser não é
Senão a informação de forças,
Sendo o total ambíguo
Que a substância incorpora,

Repetindo em cada parte
A contradição do todo.
Da forma que o total é duplo,
Toda parte se contém em dobro:

Se contendo ela própria
E o todo ao mesmo tempo —
Tal conformação de contras)
— Divergente, mas inteiro.

Assim, o demônio tem
Sua completa unidade
Com a qualidade de Deus
Confundida à própria face.

Compreensão do bem

Em si, como todas as coisas, o bem não existe:
Pelo mal se define e contradiz.

Cada ser se limita em outro território,
Onde sobrevive idêntico e contraditório.

Indivisos são DEMO/DIVINO,
Seres dividendos de um só sentido.

E com o tempo poderemos um Deus tão puro,
Que o mataremos

Ao exterminar o demônio que traz em si,
Por se haver divino.

Bumba meu boi
[1963]

Com música de Tom Zé

PARTE I

A dança do boi

[cantado]
— Centro Popular
aqui vem se apresentar
e pedir licença,
licença pra falar.
Centro de Cultura,
com toda atenção,
faz uma mesura
para a população.
Centro Popular
traz BUMBA MEU BOI
dança brasileira,
com nova feição.
E por tua mercê
manda buscar o boi
para o povo ver.

[falado]
— CPC
Vai dar balanço
do que há pra comer.
Centro Popular
Vai procurar
o boi marruá
que fugiu do terreiro
e só chega em casa
de quem tem dinheiro.

[cantado]
— Centro de cultura
dança na calçada
gire na casa do pobre
já não há mais
Centro de cultura,
vamo-nos embora,
pr'aquela senhora,
e por tua mercê,
manda buscar o boi
para o povo ver.

PARTE II

Criação do boi

(O vaqueiro conduz o boi a cada um dos diversos participantes do ciclo econômico de sua criação: criador, recriador, invernista, matador e açougueiro)

Vaqueiro
— De gente em gente
este boi vai passando,
em cada qual ele chega mais caro,
bem mais caro ele vai se tornando,
até chegar ao povo.

Povo
— Sendo o último da fila
bem mais caro sai pagando.

Criador
— O boi tá comigo
até fazer um ano,
depois então
de um ano criado
este boi malhado
tem outro senhor
que é o recriador
lá vem o recriador

Povo
— Quando será que este boi vai morrer?

— Quando será que o povo vai comer?
Quando será?
aquele que tem fome
não tem tempo de esperar.

Vaqueiro
— Vamos meu boi
pro seu segundo dono

Coro
— que o povo tá esperando
você crescer
pra comer.

Recriador
— O boi tá comigo

[coro]
— Tá comigo o boi.

Recriador
— Vai crescer bonito.

Coro
— Bonito o boi.

Recriador
— Ele vai ser vendido.

Coro
— Vendido o boi.

Recriador e vaqueiro
— Pro senhor invernista,
o terceiro da lista
na ceia do boi.

Povo
— Quando será
que este boi vai morrer?
Quando será
que o povo vai comer?
Quando será?
aquele que tem fome
não tem tempo de esperar.

Vaqueiro
— Vamos meu boi
pro seu terceiro dono.

Coro
— Que o povo está esperando
você crescer pra comer.

Invernista
— Chega pra cá boi malhado
Dança pra mim boi pintado.
[falado]
— Dez meses, ficará comigo
o belo boi marruá,
que boa engorda eu vou lhe dar.

Coro
— Assim vai crescendo o boi

pro sustento da nação,
que é só uma pouca parte
que compra sua porção
quando é feita a divisão

Invernista [falado]
— Terminado o meu trabalho,
Vai o boi pro matadouro
E lá o boi vai morrer,
E antes de estar pra vender
Está valendo um tesouro

Povo
— Quando será
que este boi vai morrer?
quando será
que o povo vai comer?
Quando será?
Aquele que tem fome
Não tem tempo de esperar

Vaqueiro
Vamos meu boi
para o seu quarto dono,

Coro
— Que o povo está esperando
você morrer para comer.

Matador
— Tudo tem a sua hora
hora triste de morrer.

Tudo que um dia nasce
Vai desaparecer.
Nada fica neste mundo
nem José nem Raimundo
nem Maroca nem João.
Êta, meu boi malhado,
pode fazer sua oração,
e encomendar sua alma,
como faz um boi cristão,
[mata o boi]
— Que agora é sua hora
de marchar pro paredão.

Povo [avançando para o boi]
— Nós já estamos cansados
de tanto esperar,
ô vem depressa, vem pra cá.
meu belo boi marruá.
Chegou a nossa vez
deste boi segurar.

Açougueiro [falado]
— Tira, minha gente, tira
— tira a mão do marruá,
do povo não é hora,
o povo fica de fora.
É a minha vez agora
do belo boi segurar

Criador, recriador, invernista, açougueiro e matador
— Agora que o boi tá morto,
vamos vender o boi

e cobrar o nosso trabalho,
o trabalho de criação,
do berço ao funeral
este boi malhado
gastou muito capital
É preciso recobrar
e o povo é quem vai pagar

Criador
— 2 vezes vai pagar

Recriador
— 3 vezes vai pagar

Invernista
— 4 vezes vai pagar

Matador
— 5 vezes vai pagar

Açougueiro
— 6 vezes vai pagar

Povo
— Muitas vezes vai pagar

Povo
— Agora podemos comer
 agora que o boi já nasceu.
Agora podemos comer,
 que o boi já cresceu e morreu.

Coro
— Ó minha fome
ó pecado meu.

Vaqueiro
— Vai-se encher a barriga
há tanto tempo vazia,
venha Zeca e Mateus;
venha Joana e Maria.

Coro
— Ó minha fome
ó pecado meu.

Mulher
— Venha Joana e Maria
venha jogo de Deus,
venham comprar o boi
ó companheiros meus.

Coro
— Ó minha fome,
ó pecado meu.

Vaqueiro
— Olá... olá... pessoal,
o boi já tá pra vender,
se é que o boi já morreu,
vai ter boi pra se comer.

Coro
— Ó minha fome
ó pecado meu.

Povo
— Então vamos chamar
todo nosso pessoal
hoje tem carne no prato
hoje não se passa mal.

Coro
— Ó minha fome
ó pecado meu.

Vaqueiro
— Eis todo nosso dinheiro
para esta carne comprar,
passar carne bem ligeiro,
fome não pode esperar.

Coro
— Ó minha fome
ó pecado meu.

Açougueiro [confere o dinheiro, tira o boi da mão do povo e fala]
— O dinheiro não dá pra levar
nem o cheiro deste boi.
 O que ontem era cinquenta
hoje está custando cem
e amanhã já não se sabe
em que altura o preço vem.

Povo [para o público]
— Subiu tudo cem por cento,
 O que ontem era cinquenta

por enquanto custa cem
e amanhã ninguém não sabe
em que altura o preço vem.
Este boi malhado
está muito caro,
num preço tão alto
que não se pode tocar,
coitado de nós
que não temos dinheiro
pra comprar um pedaço
deste boi malhado.
Ó minha fome
ó pecado meu.

Criador, recriador, invernista, matador e açougueiro [para o público]
— Agora como vai ser
eles não têm dinheiro.
E nós temos de vender,
senão está tudo perdido,
o nosso dinheiro, coitado,
não vai ser recuperado.

PARTE III

A carne e o imperialismo

Tio Sam [FMI néon Rock in world]
— Atençon... atençon,
com a sua licença,
eu lhe trago a salvaçon.
Ó amigos que estão esperando,
cheguei, venho ver o boi
e venho cantando.
Trago muitas novidades,
entre outras variedades,
aqui na sacola
tenho muita missanga
e chicletes de bola.

Criador, matador, recriador, açougueiro e invernista
[música toma acentos de twist]
— Tio Sam chegou Tio Sam chegou
com algumas novidades.
Tudo aqui vai melhorar;
oi, tudo aqui vai melhorar.
O boi vai morrer o boi vai morrer
e alguém vai vender,
e alguém vai comprar.

Tio Sam [com um robô frigorífico ressuscita o boi]
— Trago novas maneiras
de melhorar
a pecuária brasileira,

titio querer ajudar.
Todo mundo vai ganhar,
todo mundo vai ganhar,
patron e populaçon.
Vão se acabar os problemas
desta infeliz naçon,
os nossos frigoríficos
são a melhor soluçon.

Criador, matador, recriador, açougueiro e invernista
— Vai ser tudo diferente
com a nova invenção
com um ano de nascido
o boi já tá crescido,
evitando tantos gastos,
vai ser tudo bem ligeiro:
boi nasceu, boi já tá no prato.

Inglês [entra com vaca-robô] [falado]
— Olá, gente sabida, olá
aqui também estou,
trago a minha viola.
Se não me dão uma parte,
a rainha se amola.
mais um não faz mal,
este boi é tão grande
e dá pra muito capital.

Criador, matador, recriador, açougueiro e invernista
— Eu dou um boi
Pra não entrar na briga.
O boi é bonito.

É um boi aplicado,
Pra tudo ele serve,
até pra dançar.
Vou vender o boi
a quem queira comprar,
menos ao povo
que não pode pagar.

Elogio ao boi

[Tio Sam e Rainha Anglo disputam o boi e fogem arrastando-o]
— Boi tem muita utilidade,
ele é bom de verdade,
serve mais que muita gente,
deste boi tudo se tira.

Do couro se faz sapato
desta carne o alimento
que vai ser nosso sustento,
ô deixa aqui o boi pra gente.

Boi tem muita utilidade,
ele é bom de verdade,
serve mais que muita gente.
Deste boi tudo se tira.
Do casco se faz cola,
do chifre se faz o pente,
deste boi nós precisamos,
ôi deixa aqui o boi pra gente.

[Descobre que o boi foi roubado]
— Boi tem muita utilidade...
Ô rapaz, cadê o boi?
Ô rapaz, cadê o boi?
pra onde ele foi?
Que gente sabida,
antes de pagar.
Já levaram o boi.

Olá... olá... olá...
boi não tá cá...
boi não tá lá...

Vaqueiro
— Em casa boi não chegou
lá em casa boi não está
tô aqui e peço licença,
licença pra falar.

Coro
— Olá... olá... olá...
boi não tá cá
boi não tá lá

Vaqueiro
— E mando o americano,
mando também o inglês,
venham cá, venham vocês...
me digam onde está o boi.

Coro
— Olá... olá... olá...
boi não tá cá
boi não tá lá

Tio Sam [entrando com boi coberto de emblemas Armour, Swift, Wilson e Anglo]
— Vem meu boi danado,
vem fazer bravura,
vem fazer bonito,
vem fazer mesura.

Vem fazer chicana
com dança americana
que você aprendeu,
vem dançar, meu boi.
Brincar no terreiro
de quem tem dinheiro,
este boi bonito
só deve morrer...
só deve morrer
pra gente rica comer.

Vaqueiro [toma o boi da mão do Tio Sam e ataca]
— Ô boi dá banda
Espanta esta gente.

Coro
— Ê é, meu boi que dá...

Vaqueiro
— Dá-lhe pra traz
e dá-lhe pra frente,

Coro
— Ê é, meu boi que dá

Vaqueiro
— Dá no inglês derrube o freguês...

Coro
— Ê é meu boi que dá...

Vaqueiro
— E desta vez espante o burguês

Coro
— Ê é meu boi que dá

Vaqueiro
— Aqui no Brasil a carne sumiu...

Coro
— Ê é, meu boi que dá

Vaqueiro
— Mas se o povo gritar isto vai se acabar

Coro
— Ê é, meu boi que dá

Vaqueiro
— Tio Sam vai chorar de tanto apanhar

Coro
— Ê é, meu boi que dá...

Vaqueiro
— Aqui no Brasil tio Sam é feliz

Coro
— Ê é... meu boi que dá

Vaqueiro
— Metendo sua mão
em nosso tostão

Coro
— Ê ê meu boi que dá

Povo [acelera ritmo, boi põe em fuga Tio Sam e parceiros]
— Toca, toca esta viola
pro meu povo sofredor
que o Zeca e o João
são dois caras gemedor.

Vaqueiro
— Como geme a juruti,
tico-tico, rouxinó
se o Zeca passa fome,
o João passa pior.

Povo
— Toca, toca esta viola.

Vaqueiro
— O tocador da Viola
é um cara bem esperto,
sabe bem meter a mão
quando acha o bolso aberto.

Povo
— Toca, toca esta viola...

Vaqueiro
— Eu sou dos que nasci
na maré dos caranguejos,
quanto mais ano vivo
mais desgraçado me vejo.

Povo
— Toca, toca esta viola...

Vaqueiro
— Como sou filho do povo,
filho de alguma Maria,
não tive sacola cheia,
vou morrer com ela vazia.

Povo
— Toca, toca esta viola...

Vaqueiro
— Mas como tudo caminha
Nesta grande natureza,
um dia se acaba o rico
e também minha pobreza.

Povo
— Toca, toca esta viola...

Vaqueiro
— Dança o boi e dança o Zeca,
dança o povo brasileiro,
que ainda vamos fazer
a limpeza no terreiro.

Tio Sam [Inglês entra e mata o boi com raio laser]
— Para, para, para,
quero dizer um recado,
o boi dançou e deitou,
o boi morreu foi de cansado.

Inglês [falado]
— Ah, parceiro meu,
o nosso boi morreu,
está na hora de ganhar,
de fazer a divison.
Vamos ver quem vai lucrar
no final desta funçon.

Povo
— O meu boi morreu,
que será de mim?

Tio Sam
— Manda buscar outro
Lá no Tennessee.

PARTE IV

Divisão do boi

Tio Sam [falado]
— Atençon, atençon
vai ser feita a divison.
[cantado]
— Ó inglês, vá chamar
todo aquele pessoal
pra fazer a divison.
Chame o padre
e também o capiton
vá chamar o senhor doutor
e seu governador.
Tome toda providência,
traga esta bicharia
aqui em minha presença.

Padre
— Quem me vê aqui dançando
não julgue que estou louco.
Não sou santo nem nada,
pecador sou como os outros.

Povo
— O que faz, quero saber,
um padre nesta função?
Não é bem um casamento
nem alguma confissão.

Padre
— Não só de casamento,
não só de confissão
é de que vive a igreja,
cale a boca, meu irmão.

Doutor
— Estou aqui, me chamaram
Me chamaram, pra que foi?
Me formei pra matar gente
e não foi pra curar boi.

Tio Sam
— Oh, yes, já se vê,
mas dinheiro graúdo
tu vai receber.

Capitão [investe sobre o Tio Sam]
— Eu te acabo, meu rapaz
Eu que sou capitão,
você divide a carne
que antes era da nação.

Tio Sam
— Oh, yes, já se vê,
mas dinheiro graúdo
tu vai receber.

Povo [investe sobre o Capitão]
— Capitão valente,
vejo que o mundo mudou.
Você quis prender ladrão
e o ladrão lhe amarrou.

Tio Sam
— Com alguns cuidados
vai ser feita a divison
do boi que foi morto
hoje aqui nesta funçon.
tirarei logo o pedaço
que cabe ao seu senhor,
darei também o quinhão
do seu padre e seu doutor
e do nosso capitão.

Povo
— Da parte do povo
não vá se esquecer
que o povo trabalha
e precisa comer.

Tio Sam
— Primeiro eu peço
um peso para o Esso.
O bofe pro Swift
pra vendê-lo como bife,
co'o lápis cê marque:
o couro é da Clarck.

Povo
— Da parte do povo...

Tio Sam
— O Anglo me leva
Esta linda passarinha,
E mais esta língua

E mais esta banha.
Agradando a Rainha
Ainda se ganha

Povo
— Da parte do povo...

Tio Sam
— O Armour querido
levará um ouvido,
levará a traseira
e também o coração
deste boi generoso
que morreu nesta função

Povo
— Da parte do povo...

Tio Sam
— O osso será
Da indústria de botão,
os olhos e a costela
outro filho herdará,
o fígo e a moela
o Wilson levará.

Povo
— Da parte do povo...

Tio Sam
— Num peso especial
a aliança para a Esso

levará a consciência
deste boi que foi honesto
e a sua alienação
que vai ter boa função.

Povo
— Da parte do povo...

Tio Sam
— A Tripa mais grossa
A gente manda pra Europa.
A tripa mais fina
a gente manda pra Argentina.

Povo
— Sem nenhuma carne aqui
por que manda esta pra lá?

Tio Sam
— O que se manda de cá
custa mais caro por lá,
e quando falta carne aqui
se manda buscar de lá
que custa mais caro cá.
[*falado*]
— Como está tudo explicado
continua a divison,
A bela rabada do boi
vai ser posta no leilon.

Povo
— Tanta gente há merecendo,

que vai dar em confusão,
dê pro seu governador
que merece este quinhão.

Tio Sam
— Temos o juízo do boi
deixado pro seu Reitor
e os miolos pros políticos
pra ver se pensam melhor

[falado]
— Agora temos um fato
que não interessa a polícia.

Povo
— Ó amigo americano,
por ser fato de mentira,
dê a imprensa sadia
pra fazer suas notícias.

Vaqueiro
— E a tripa gaiteira?

Povo
— Fica pros deputados.

Vaqueiro
— Que só dizem besteiras,

Povo
— E só fazem asneiras.

Tio Sam [sempre acossado levantado nos ombros do povo]
— A coragem do boi,
que era um boi acovardado,
a gente manda pro Senado
e melhora seu estado.
Pedaço do peito
a gente manda pro prefeito.
Mas que se fará dos chifres
que eu já quase esquecia?

Povo
— O chifre por ser bonito
terá muita freguesia
Deixa pra botar depois
na testa da burguesia
[joga americano no chão].

Da parte do povo não vá se esquecer.
Que o povo trabalha e precisa comer
Da parte do povo não vá se esquecer
Que o povo trabalha e precisa comer.

Tio Sam
— Aqui temos um pé
que sobrou na divison.
Vamos vender ao povo
Numa grande distinçon
pois ela é,
embora sendo do pé,
carne de primeira mão.

Povo
— Aqui está nosso dinheiro
Pro que sobrou na divisão,
Ficamos agradecidos
Pela grande distinção.

Tio Sam
— O dinheiro do povo é pouco
[falado]
— O que ontem era cem
[dinheiro vira fumaça em sua mão]
hoje custa quatrocentos.
Mudou, tudo mudou
Subiu mais de cem por cento

Cena final

Povo
— Disseram que ia melhorar,
que tudo ia mudar.
A carne que era cem
[joga americano no chão]
já nos custa quatrocentos,
minha gente mudou tudo,
subiu mais de cem por cento.

Tio Sam [cercado]
— Olá... Olá... atençon,
do boi tem a memória
sobrando na divison

Povo
— Se ainda tem a memória
sobrando na divisão
dá então pra esta gente,
pra lembrar que em toda História
sempre há REVOLUÇÃO.

Todos
— Sempre há REVOLUÇÃO.

Participação na antologia
Violão de rua
[1962]

Poema subversivo

Somos vários caminhando convictos
e sem desespero para tomar a cidade
somos muitos terrivelmente
e na nossa passagem, sombria e determinada
outros aceitam ir conosco
então cantemos, pois sofremos a mesma rota
e a mesma revolta nos constrói a cada um
e a cada um o caminho é difícil
mentindo muitas vezes à nossa compreensão
sei, está longe a cidade com as suas luzes
seus homens que voltam do plantio
não se lamentam, não se suicidam
a noite na cidade é tranquila
e a concepção praticada não é temerosa
e nós, que vamos tomar o barco
parecemos estranhos quando em verdade nos
    conhecemos
amiga, é longo o caminho que leva ao mar
e há que mostrar o itinerário
como há que depois conquistá-lo

erguida ante o vale, superaremos a montanha
o tempo gasto e o deus antigo que não pôde ser homem
não vão conosco
a nova fé é nossa, como o dia de sol
como a rosa, o pássaro de volta
nossa força os do outro lado já perceberam
e negociam uma solução
não, não há mais tempo para vender história.

Como a fome, a rosa, o pássaro de volta
também a solução é nossa.

Subversiva marcha, subversiva angústia
Subversiva a mão, a minha mão
a mão dos homens de minha época
minha grande geração subversiva
subversão, subversiva a flor
arrebentada muda sobre mural de sangue
subversiva música
subversivo discurso, subversivo
recado das águas em volta dos marinheiros
homem, mundo, adultérios, compromissos
gritos, suicídios
poema subversivo

mas estou calado, estou no meu papel
entre os homens de objetivos coincidentes
não quero falar contra os homens
não quero argumentar, é esta a minha dor
a dor comum, a dor de todos
a dor de minha época da qual não fujo
(como coisa quero servir a uma finalidade)
e recebo entre eles suas palavras
palavras duras, palavras amargas
palavras concretas que não concedem, afirmam e
    intimidam
de repente sabemos que o mar é inevitável
embora se negue, embora tarde
amiga... amiga... amiga... é também esta a minha alegria
pratico esta alegria de ser homem
e estar entre eles como um camarada

que vai para mesma morte
que vai ao mesmo lado
que vai tomar o mesmo barco
ou, apenas, possibilitar a viagem

Canções escolhidas
[1966-2023]

Ladainha

Festa de morto é ladainha
Medo de vivo é solidão
Luto por amor e morro
De facas no coração

Em campos sem travesseiro
Estou cercado de inimigo
Cada qual mais preparado
Intriguento e arruaceiro

Chove chuva e aguaceiro
Chove chuva e aguaceiro

Só sinto frio na alma
Estou vazio de sentimento
Não sinto água no corpo
Nem amor, nem ferimento

Chove chuva e aguaceiro
Chove chuva e aguaceiro

O vivo morreu cercado
De muita luta e alegria
Seu sorriso agora é nuvem
Sua festa, ladainha

Seu amor, cama vazia
Numa varanda do céu
Seu amor, cama vazia
Numa varanda do céu

(*Com música de Gilberto Gil, 1965*)

Viramundo

Sou viramundo virado
Nas rondas da maravilha
Cortando a faca e facão
Os desatinos da vida
Gritando para assustar
A coragem da inimiga
Pulando pra não ser preso
Pelas cadeias da intriga
Prefiro ter toda a vida
A vida como inimiga
A ter na morte da vida
Minha sorte decidida

Sou viramundo virado
Pelo mundo do sertão
Mas inda viro este mundo
Em festa, trabalho e pão
Virado será o mundo
E viramundo verão
O virador deste mundo
Astuto, mau e ladrão
Ser virado pelo mundo
Que virou com certidão
Ainda viro este mundo
Em festa, trabalho e pão

(*Com música de Gilberto Gil, 1965*)

Água de meninos

Na minha terra, Bahia
Entre o mar e a poesia
Tem um porto, Salvador
As ladeiras da cidade
Descem das nuvens pro mar
E num tempo que passou
Toda a cidade descia
Vinha pra feira comprar

Água de Meninos, quero morar
Quero rede e tangerina
Quero peixe desse mar
Quero vento dessa praia
Quero azul, quero ficar
Com a moça que chegou
Vestida de rendas, ô
Vinda de Taperoá

Por cima da feira, as nuvens
Atrás da feira, a cidade
Na frente da feira, o mar
Atrás do mar, a marinha
Atrás da marinha, o moinho
Atrás do moinho, o governo
Que quis a feira acabar

Dentro da feira, o povo
Dentro do povo, a moça
Dentro da moça, a noiva

Vestida de rendas, ô
Abre a roda pra sambar

Moinho da Bahia queimou
Queimou, deixa queimar
Abre a roda pra sambar

A feira nem bem sabia
Se ia pro mar ou sumia
E nem o povo queria
Escolher outro lugar
Enquanto a feira não via
A hora de se mudar

Tocaram fogo na feira
Ai, me diga, minha sinhá
Pra onde correu o povo
Pra onde correu a moça
Vinda de Taperoá

Água de Meninos chorou
Caranguejo correu pra lama
Saveiro ficou na costa
A moringa rebentou
Dos olhos do barraqueiro
Muita água derramou

Água de Meninos acabou
Quem ficou foi a saudade
Da noiva dentro da moça
Vinda de Taperoá
Vestida de rendas, ô
Abre a roda pra sambar

Moinho da Bahia queimou
Queimou, deixa queimar
Abre a roda pra sambar

(*Com música de Gilberto Gil, 1966*)

Aboio

Ecô

Meu povo, tome coragem
Se aventure, se levante
Na arribação deste boi
Se aproxime dos apelos
E chamamento
Do canto do boiadeiro, oi

Levanta, meu companheiro
Boi Fulorô e Judeu
Levanta, Maracajá
Boi Estrela, Boi Espaço
Boi da serenidade
Da vida que Deus me deu

Ecô

Levanta, meu Boi Remanso
Desencantado e Chuvisco
Boi Cigano e Desengano
Levanta, Boi Alegria
Acorda, meu Boi Canário
Nas veredas do perigo

Ecô

Ramalhete e Nuvem Escura
Flor de Maio e de Janeiro

Bondade de meu sentido
Menina de meu desejo
Silêncio dos cemitérios
Do sofrer do boiadeiro

Ecô

Minha santa e namorada
Companheirinho da sede
Dou-te pão, cerveja e mel
Te dou água e te dou leite
Levanta, Boi Operário
Estrela-d'alva do céu

Ecô

No desespero do mundo
Acorda, meu coração
Levanta, Boi Valoroso
Levanta, meu Boi Desordem
Pra viver o teu destino
De martírio ou salvação

Ecô

(*Com música de Gilberto Gil, 1966*)

O tempo e o rio

O tempo é como o rio
Onde banhei o cabelo da minha amada
Água limpa que não volta
Como não volta aquela antiga madrugada.
Meu amor, passaram as flores
E o brilho das estrelas passou
No fundo de teus olhos
Cheios de sombra, meu amor
Mas o tempo é como um rio
Que caminha para o mar
Passa, como passa o passarinho
Passa o vento e o desespero
Passa, como passa a agonia
Passa a noite e passa o dia
Mesmo o dia derradeiro
Ah, todo o tempo há de passar
Como passa a mão e o rio
Que lavaram teu cabelo

Meu amor, não tenha medo
Me dê a mão e o coração, me dê
Quem vive luta partindo
Para um tempo de alegria
Que a dor de nosso tempo é o caminho
Para a manhã que em teus olhos se anuncia
Apesar de tanta sombra
Apesar de tanto medo

(*Com música de Edu Lobo*, 1966)

Cirandeiro

Cirandeiro, cirandeiro ó
A pedra de seu anel
Brilha mais do que o sol

Oh ciranda de estrelas
Caminhando pelo céu
É o luar da lua cheia
É o farol de Santarém
Não é lua nem estrela
É saudade clareando
Nos olhinhos de meu bem

Cirandeiro, cirandeiro ó
A pedra de seu anel
Brilha mais do que o sol

Oh ciranda de sereno
Visitando a madrugada
O espanto achei dormindo
Nos sonhos da namorada
Que serena dorme e sonha
Carregada pelo vento
Num andor de nuvem clara

Cirandeiro, cirandeiro ó
A pedra de seu anel
Brilha mais do que o sol

São sete estrelos correndo
Sete juras a jurar

Três Marias, três Marias
Se cuidem de bom cuidar
Do amor e o juramento
Que a estrela d'alva chora
De nos sete acreditar

(Com música de Edu Lobo, 1966)

Canção para Maria

Quando Maria correu para mim
Pensava que fosse Maria
Pensava que viesse e fosse
Mas já não era nem vinha
Maria, mariô
Raiou o dia
Quem saiu do paradeiro
Da cidade de Bahia
Não pode ficar sozinho
Nos caminhos de Belém
Nem dos lados de Serrinha
Escrevi carta pensando
O endereço que tinha
Mandei sair pelo mundo
O pensamento, Maria
Cadê sua sombra, mulher?
Cadê, cadê ô Maria?
Foi o vento que levou?
Foi novo amor? O que foi?
Maria, mariô
Raiou o dia
Estou no porto esperando
Faz três noites
Faz três dias
Que a cidade está chorando
Tá chovendo na Bahia
Saveiro não vai pro mar
Procissão não principia
Anda depressa, Maria

Vem no vento, vem nas águas
Vem de trem ou de avião
Que meu coração parou
De tanta melancolia

(Com música de Paulinho da Viola, 1966)

Corrida de jangada

Meu mestre deu a partida
É hora, vamos embora
Pros rumos do litoral
É hora, vamos embora
Na volta eu venho ligeiro
É hora, vamos embora
Na volta eu chego primeiro pra tomar seu coração
É hora, vamos embora
É hora, vamos embora
É hora, vamos embora

Viração virando vai
Olha o vento, embarcação
Minha jangada não é navio, não
Não é vapor nem avião
Mas carrega muito amor
Dentro do meu coração
Sou meu mestre, meu proeiro
Sou segundo, sou primeiro
Olha a reta de chegar
Olha a reta de chegar

Meu barco é procissão
Minha terra é minha igreja
Minha noiva é meu rosário
No seu corpo eu vou rezar
É hora, vamos embora
É hora, vamos embora
É hora, vamos embora

(*Com música de Edu Lobo, 1967*)

Ponteio

Era um, era dois, era cem
Era o mundo chegando e ninguém
Que soubesse que sou violeiro
Que me desse amor ou dinheiro
Era um, era dois, era cem
E vieram pra me perguntar
Oh você de onde vai, de onde vem?
Diga logo o que tem pra contar
Parado no meio do mundo
Senti chegar meu momento
Olhei pro mundo e nem via
Nem sombra nem sol nem vento

Quem me dera agora
Eu tivesse a viola pra cantar

Era um dia, era claro, quase meio
Era um canto calado sem ponteio
Violência viola violeiro
Era morte em redor mundo inteiro
Era um dia, era claro, quase meio
Tinha um que jurou me quebrar
Mas não me lembro de dor nem receio
Só sabia das ondas do mar
Jogaram a viola no mundo
Mas fui lá no fundo buscar
Se tomo a viola ponteio
Meu canto não posso parar

Quem me dera agora
Eu tivesse a viola pra cantar

Era um, era dois, era cem
Era um dia, era claro, quase meio
Encerrar meu cantar já convém
Prometendo um novo ponteio

Certo dia que sei por inteiro
Eu espero não vá demorar
Este dia estou certo que vem
Digo logo que vim pra buscar

Parado no meio do mundo
Não deixo a viola de lado
Vou ver o tempo mudado
E um novo lugar pra cantar

Quem me dera agora
Eu tivesse a viola pra cantar

(*Com música de Edu Lobo, 1967*)

Soy loco por ti, América

Soy loco por ti, América
Yo voy traer una mujer playera
Que su nombre sea Marti
Que su nombre sea Marti
Soy loco por ti de amores
Tenga como colores la espuma blanca de Latinoamérica
Y el cielo como bandera
Y el cielo como bandera

Soy loco por ti, América
Soy loco por ti de amores

Sorriso de quase nuvem
Os rios, canções, o medo
O corpo cheio de estrelas
O corpo cheio de estrelas
Como se chama a amante
Desse país sem nome, esse tango, esse rancho, esse
    povo, dizei-me, arde
O fogo de conhecê-la
O fogo de conhecê-la

Soy loco por ti, América
Soy loco por ti de amores

El nombre del hombre muerto
Ya no se puede decirlo, quién sabe?
Antes que o dia arrebente
Antes que o dia arrebente

El nombre del hombre muerto
Antes que a definitiva noite se espalhe em
    Latinoamérica
El nombre del hombre es pueblo
El nombre del hombre es pueblo

Soy loco por ti, América
Soy loco por ti de amores

Espero a manhã que cante
El nombre del hombre muerto
Não sejam palavras tristes
Soy loco por ti de amores
Um poema ainda existe
Com palmeiras, com trincheiras, canções de guerra,
    quem sabe canções do mar
Ai, hasta te comover
Ai, hasta te comover

Soy loco por ti, América
Soy loco por ti de amores

Estou aqui de passagem
Sei que adiante um dia vou morrer
De susto, de bala ou vício
De susto, de bala ou vício
Num precipício de luzes
Entre saudades, soluços, eu vou morrer de bruços
nos braços, nos olhos
Nos braços de uma mulher
Nos braços de uma mulher

Mais apaixonado ainda
Dentro dos braços da camponesa, guerrilheira,
   manequim, ai de mim
Nos braços de quem me queira
Nos braços de quem me queira

Soy loco por ti, América
Soy loco por ti de amores

(Com música de Gilberto Gil, 1967)

Canção da moça

Vou andando, vou sonhando que um dia
Que um dia possa ter um lugar
Um lugar que seja meu, que seja meu
Um luar, um luar sobre o caminho
Um amor a quem dê flores
Nuvens no céu, conchas no mar
Amor a quem ensine o amor
Que aprendi ao caminhar

Vou andando, vou sonhando, vou sorrindo
Teu sorriso, sonho antigo em minha dor

> (*Com música de Gilberto Gil. Para a trilha do filme* Brasil ano 2000, *de Walter Lima Jr., 1967*)

Homem de Neandertal

Sou quaternário
Terciário
Secundário e até primário
Sou o tal
Que foi chamado "homem de Neandertal"
Que foi chamado "homem de Neandertal"
Que foi chamado "homem de Neandertal"
O tal que foi chamado "homem de Neandertal"

Mas sou amável
Sou saudável
E mesmo sendo
Tão selvagem
Tenho direito de não ser
Abominável

Antigamente não havia uma voz
Uma voz que se levantasse
Que se engraçasse em duvidar da autoridade
Da autoridade paternal
Este século está perdido
Corroído, corrompido
Sem humildade, sem moral

Pobre de quem perdeu
O respeito pelos pais
A memória dos avós
E pensam que nasceriam sem nós

A culpa dos avós
Quem faz são eles
Mas quem paga somos nós
Não, senhor
Por favor
Pague o filho pelo filho
Pague o avô pelo avô
Quem me dá um trem que me leve
Da Bahia a Nova York?
Que me deixe ao meio-dia
Em qualquer ponto de Berlim?
Uma astronave?
Um manequim que desfile só pra mim?
E quem me dá um tesouro mais rico
Que o de Aladim?

Quem me dá:
Um vestido como aquele de Paris?
Um galã de Hollywood?
Feriado no Havaí?
Um domingo todo livre?
Um verão longe daqui?

Quem me dá
Quem me dá
Quem me dá uma roupa nova?
Quem me dá
Quem me dá
O respeito do que sou?
Quem me dá
Quem me dá
Quem me dá um tempo de existir?

Quem se revolta
Quem se revolta por mim?

Quem me dá
Quem me dá
Quem me dá meu próprio dia?
Quem sente melhor por mim
A alegria que me dá o Sol
A chuva, o caminho?
Quem me dá a semelhança de astronauta?
Quem me dá a liberdade de escolher
De pensar, de sair?
É você?
Olha aqui:
Quem me dá sou eu!

    (*Letra com Walter Lima Jr. e música de*
    Gilberto Gil. Para a trilha do filme
    Brasil ano 2000, *de Walter Lima Jr.*, *1967*)

Show de Me Esqueci

Ah, foguete
Com teu cone
Teu atômico
Combustível
Com teu jato
E parafuso
Ah, poderoso
Poderoso míssil
Quando for a uma estrela
Me leve daqui
Quando for a uma estrela
Me leve de Me Esqueci

Ha-ha-ha!
Hi-hi-hi!
Quero ir para uma estrela
Bem longe daqui Ha-ha-ha!
Hi-hi-hi!
Bem longe de Me Esqueci

No tempo em que ouvi dizer
Que a bomba era um perigo
Eu fiquei tranquila e disse:
"Isso aqui não é comigo"

Mas um dia, dia, foi
Cata-pum-pum-pum
Lá se veio a guerra
Um e dois, já se foi

Três e quatro, lá se vão
Lá se foi um soldado
Lá se vai um batalhão

Mas um dia, dia, foi
Cata-pum-pum-pum
Um cogumelo azulado
Silenciou num segundo
Os industrializados

E lá se foi o presente
O que ficou é passado

Cata-pum
Cata-pum-pum-pum
Cata-pum
Cata-pum
Cata-pum-pum-pum

Eu ontem
Era mandado
Mas o mundo
Se acabou
Não tenho quem
Me mande rir
Ou chorar
Minha terra
Tem foguete
Onde canta o sabiá
Minha terra
Tem foguete
Onde canta o sabiá

Ha-ha-ha!
Hi-hi-hi!
Quero ir para uma estrela
Bem longe daqui
Ha-ha-ha!
Hi-hi-hi!
Bem longe de Me Esqueci

O foguete vai subir
Não encontro o meu radar
Estou cheia de culpa e de fome
Vim correndo perguntar

Engrenagem
Indestrutível
Onde está
Seu combustível? Como vai
Você subir
Sem ninguém
Pra pilotar
E a contagem
Regressiva
Qual de nós pode contar?

Pode existir um índio
Ao lado de um foguete?
Quero mergulhar no céu
Quero ser um cosmonauta
Em vez de usar um penacho
Quero ter um capacete

Ah-ah-ah!
Ih-ih-ih!
Quero ir para uma estrela
Bem longe daqui
Ah-ah-ah!
Ih-ih-ih!
Bem longe de Me Esqueci

   (*Com música de Gilberto Gil. Para a trilha do filme*
   Brasil ano 2000, *de Walter Lima Jr., 1967*)

Bonina

Ah bonina que é flor roxa
Tô preso no pelourinho
Se me soltar ê ê ê ê
Eu vou-me embora

Menina, minha menina
Não solte o seu canarinho
Se soltar quero pegar
Nas asas do passarinho

Me traga um limão maduro
Para matar minha sede
Vim precisado de tudo
De água, ternura e rede

Ah bonina que é flor roxa
Tô preso no pelourinho
Se me soltar ê ê ê ê
Eu vou-me embora

Menina, minha menina
Tô preso por gente fina
Só por causa de um limão
E as asas de um passarinho
Se me soltar ê ê ê ê
Eu vou-me embora

Me cortaram o coração
Só por um beijo na boca

Ah bonina que é flor roxa
Na hora da precisão

Ah bonina que é flor roxa
Tô preso no pelourinho
Se me soltar ê ê ê ê
Eu vou-me embora

Menina, minha menina
Me solta do pelourinho
Se me soltar vou-me embora
Vou riscar o meu caminho
Vou sem mágoas da senhora

Menina, minha menina
Pr'onde for só levo as penas
Das asas do passarinho
Ah bonina que é flor roxa
Tô preso no pelourinho
Se me soltar ê ê ê ê
Eu vou-me embora ê ê ê ê

(*Com música de Caetano Veloso, 1968*)

Maria, Maria

Vocês estão vendo
Não faz muito tempo
Eu me despedi
Por coisa de um ano ou menos
Estivemos separados
sobre esse mundo de guerra, amor e ventos
Esse maravilhoso mundo
de enganos que fazemos

Quem olha em meu rosto diz:
Maria, você mudou
No meu corpo, no meu rosto, no meu canto
Trago tudo o que eu vivi

Vocês estão vendo?
Maria, Maria
Ah, você mudou
Eu até que estou feliz
Pelo que agora eu sou
Nesse tempo em que você mudou
E eu mudei
Maria, Maria
O amor me maltratou

(*Com música de Caetano Veloso, 1968*)

Miserere nobis

Miserere-re nobis
Ora, ora pro nobis
É no sempre será, ô, iaiá
É no sempre, sempre serão

Já não somos como na chegada
Calados e magros, esperando o jantar
Na borda do prato se limita a janta
As espinhas do peixe de volta pro mar

Miserere-re nobis
Ora, ora pro nobis
É no sempre será, ô, iaiá
É no sempre, sempre serão

Tomara que um dia de um dia seja
Para todos e sempre a mesma cerveja
Tomara que um dia de um dia não
Para todos e sempre metade do pão

Tomara que um dia de um dia seja
Que seja de linho a toalha da mesa
Tomara que um dia de um dia não
Na mesa da gente tem banana e feijão

Miserere-re nobis
Ora, ora pro nobis
É no sempre será, ô, iaiá
É no sempre, sempre serão

Já não somos como na chegada
O Sol já é claro nas águas quietas do mangue
Derramemos vinho no linho da mesa
Molhada de vinho e manchada de sangue

Miserere-re nobis
Ora, ora pro nobis
É no sempre será, ô, iaiá
É no sempre, sempre serão

Bê, rê, a — Bra
Zê, i, lê — zil
Fê, u — fu
Zê, i, lê — zil
Cê, a — ca
Nê, agá, a, o, til — ão
Ora pro nobis

(*Com música de Gilberto Gil, 1968*)

Clarice

Há muita gente
Apagada pelo tempo
Nos papéis desta lembrança
Que tão pouca me ficou
Igrejas brancas, luas claras nas varandas
Jardins de sonho e cirandas
Foguetes claros no ar

Que mistério tem Clarice
Pra guardar-se assim tão firme
No coração?

Clarice era morena
Como as manhãs são morenas
Era pequena no jeito de não ser quase ninguém
Andou conosco caminhos de frutas e passarinhos
Mas jamais quis se despir
Entre os meninos e os peixes
Entre os meninos e os peixes
Do rio

Que mistério tem Clarice
Pra guardar-se assim tão firme
No coração?

Tinha receio do frio
Medo de assombração
Um corpo que não mostrava
Feito de adivinhação

Os botões sempre fechados
Clarice tinha o recato
De convento e procissão

Eu pergunto o mistério
Que mistério tem Clarice
Pra guardar-se assim tão firme
No coração?

Soldado fez continência
O coronel, reverência
O padre fez penitência
Três novenas e uma trezena
Mas Clarice era inocência
Nunca mostrou-se a ninguém
Fez-se modelo das lendas
Das lendas que nos contaram
As avós

Que mistério tem Clarice
Pra guardar-se assim tão firme
No coração?

Tem que um dia amanhecia
E Clarice assistiu minha partida
Chorando, pediu lembrança
E vendo o barco se afastar de Amaralina
Desesperadamente linda
Soluçando e lentamente
E lentamente despiu o corpo moreno
E entre todos os presentes
Até que seu amor sumisse

Permaneceu no adeus chorando e nua
Para que a tivesse toda
Todo o tempo que existisse

Que mistério tem Clarice
Pra guardar-se assim tão firme
No coração?

(Com música de Caetano Veloso, 1968)

Pulsars e quasars

Os pulsars, ruídos pulsativos pra Macau
Os quasars, ruídos coloridos para Gal
O laser, ruídos doloridos para Gal
Os meses, beijos proibidos pra Macau

O verso, um disco conhecido pra você
Universo, um quadro aberto na TV
O inverso, um ser mutante universal
Meu ingresso para as touradas do mal

Dos sóis, Caê e Gil me mandem notícias logo
A sós, pulsos abertos, eu volto
Sem voz, sem voz
Sem voz os novos seres seguem
Mas sem voz, sem a voz

Os ruídos terão sentidos
e teus sentidos perdidos
Os ruídos terão sentidos
e teus sentidos perdidos

Os pulsars, os quasars, o laser, os meses
Tudo tão perto de nós
Você me vê? Não me vê
De um pulsars, de um quasars
Pelos raios da TV

(*Com música de Jards Macalé, 1969*)

Gotham City

Aos 15 anos eu nasci em Gotham City
Era um céu alaranjado em Gotham City
Caçavam bruxas no telhado em Gotham City
No dia da independência nacional

Cuidado! Há um morcego na porta principal
Cuidado! Há um abismo na porta principal

Eu fiz um quarto quase azul em Gotham City
Sobre os muros altos da tradição em Gotham City
No cinto de utilidades as verdades: Deus ajuda
A quem cedo madruga em Gotham City

Cuidado! Há um morcego na porta principal
Cuidado! Há um abismo na porta principal

No céu de Gotham City há um sinal
Sistema elétrico nervoso contra o mal
Meu amor não dorme, meu amor não sonha
Não se fala mais de amor em Gotham City

Cuidado! Há um morcego na porta principal
Cuidado! Há um abismo na porta principal

Só serei livre se sair de Gotham City
Agora vivo o que vivo em Gotham City
Mas vou fugir com meu amor de Gotham City
A saída é a porta principal

Cuidado! Há um morcego na porta principal
Cuidado! Há um abismo na porta principal

       (*Com música de Jards Macalé*, 1969)

O acaso não tem pressa

Aproveitou minha ausência
E jurou de mão no peito
Entregou os meus defeitos
Fez a cama onde me deito
Para ela me deixar

Mas você agiu errado
O seu nome está riscado
Nem no baile mascarado
Você vai poder brincar
Não estou preocupado
O acaso não tem pressa
Você é malandro otário
A filosofia é essa
Leva ela não faz mal
Mas espere o troco necessário
Vai passar o carnaval

(Com música de Paulinho da Viola, 1971)

Vinhos finos... cristais

Vinhos finos cristais
Talvez uma valsa
Adoecendo entre os dentes da noite
Vidro, espelho, imagem
O corpo adormecendo entre os dentes da vida
Imagem partida
Sangue
E o amor doente entre os dentes da saudade
Da morte, da engrenagem
As mãos doentes entre os dentes
Entre os dentes de um cão
O corpo fino, cristais
O quarto limpo, metais
Entre os dentes da paixão
Chão, caixão, escada
Apenas um jogo de palavras
Entre tudo e nada
Entre os dentes podres da canção

(*Com música de Paulinho da Viola, 1971*)

Pula pula (salto de sapato)

Foi no asfalto
Lá no alto
Que eu perdi o meu amor
Num salto
Num salto de sapato
Foi no asfalto
Lá no alto
Que eu perdi o meu amor
Num salto
Num salto de sapato

Pula, pula
Vê se não cai da ladeira
Vê se não pinta sujeira
Não deixa a coisa parar

Pula, pula, pula no asfalto
Vê se não marca bobeira
Vê se não cai da ladeira
Não deixa o salto no ar

(*Com música de Jards Macalé, 1971*)

Coração imprudente

O que é que pode fazer
Um coração machucado
Senão cair no chorinho
Bater devagarinho pra não ser notado
E depois de ter chorado
Retirar de mansinho
De todo o amor o espinho
Profundamente deixado

O que é que pode fazer
Um coração imprudente
Senão fugir um pouquinho
De seu bater descuidado
E depois de cair no chorinho
Sofrer de novo o espinho
Deixar doer novamente

(*Com música de Paulinho da Viola*, 1972)

Orgulho

Você passa dissipada
Na fumaça de seu orgulho
E os dias móveis carregam
O móvel laqueado

Não se usam mais os pés dourados
Nem as promessas de um amor
Ornamentado e vazio

Um velho caminhão de mudanças some na fumaça
Para onde você passa? Para onde as coisas passam?
Quando o orgulho esmaga as asas
O tempo é um pássaro de natureza vaga

(*Com música de Paulinho da Viola, 1972*)

Movimento dos barcos

Estou cansado e você também
Vou sair sem abrir a porta e não voltar nunca mais
Desculpe a paz que eu lhe roubei
E o futuro esperado que não dei
É impossível levar um barco sem temporais
E suportar a vida como um momento além do cais
Que passa ao largo do nosso corpo
Não quero ficar dando adeus às coisas passando
Eu quero é passar com elas
E não deixar nada mais do que as cinzas de um cigarro
E a marca de um abraço no seu corpo
Não, não sou eu quem vai ficar no porto chorando
Lamentando o eterno movimento dos barcos

(*Com música de Jards Macalé*, 1972)

Farinha do desprezo

Já comi muito da farinha do desprezo
Não diga mais não me diga mais que é cedo
Há quanto tempo amor quanto tempo estava pronta
Que estava pronta da farinha do despejo

Me jogue fora que n'água do balde eu vou m'embora

Só vou comer agora da farinha do desejo
Alimentar minha fome pra que eu nunca me esqueça
Ah como é forte o gosto da farinha do desprezo
Só vou comer agora da farinha do desejo

(*Com música de Jards Macalé*, 1972)

78 rotações

Com as mãos frias mas com o coração queimando
Estou amando estou passando estou gravando
Estou gravando estou passando estou amando
Em 78 por segundo rotações
Vou seguindo por segundo
Vou servindo por segundo
Vou sorrindo por segundo
Devagar
Grave um disco devagar
Grave um nome devagar
Um long-play devagar quase parando
Um long-day devagar quase parando
Um long-love devagar quase parando
Em 78 por segundo rotações
Com as mãos frias mas com o coração queimando

(*Com música de Jards Macalé, 1972*)

Meu amor me agarra & geme & treme & chora & mata

Meu amor é um tigre de papel
Range, ruge, morde
Mas não passa de um tigre de papel
Numa sala ausente meu amor presente
Me prende entre os dentes
Depois me abandona e vai definitivamente
Definitivamente volta ilude desilude
Range ruge rosna
Velho tigre de virtudes

Nas selvas de seu quarto entre florestas cartas
Frases desesperadas lençóis
Onde me ama
Furiosas garras
Meu amor me agarra & geme & treme & chora & mata
Um tigre de papel perdido nos lençóis da casa

(Com música de Jards Macalé, 1972)

Viola fora de moda

Moda de viola
De um cego infeliz
Podre na raiz, ah, ah

Vivo sem futuro
Num lugar escuro
E o diabo diz: ah, ah

Disso eu me encarrego
Moda de viola
Não dá luz a cego, ah, ah

(Com música de Edu Lobo, 1973)

Natureza noturna

Tenho o mesmo segredo
Dos malditos solitários
Só a noite é minha amiga
A quem friamente confesso

A natureza noturna
Dos meus infernos diários
Nem a mulher que me ama
Sequer a moça de gênio

Nem a de riso argentino
Nem a de beijo flamenco
Nem a fã no seu afã
Nem as bonecas do tempo

Nem o poeta ordinário
Nem literato de prêmio
Eu tenho o mesmo segredo
Dos malditos solitários

Ninguém sabe a natureza
Dos meus infernos diários

(*Com música de Fagner, 1976*)

Sofrer

Sofrer
Não faço outra coisa da vida
A minha alma sofrida
Quer descansar sem saber
Como abandonar de vez
Esta pele ferida
Maltratada e curtida
Tudo o que a vida me fez

Não sei dizer
Quem abriu esta ferida
Nem se foi mordida ou beijo
Que traçou esse destino assim
Veneno de um punhal
Que me pôs dentro do peito
Um punhado de desejo
E esta lua esquecida

(*Com música de Paulinho da Viola, 1978*)

Moça bonita

Moça bonita, seu corpo cheira
Ao botão da laranjeira.
Eu também não sei se é
Imagine o desatino
É um cheiro de café
Ou é só cheiro feminino
Ou é só cheiro de mulher

Moça bonita, seu olho brilha
Qual estrela matutina.
Eu também não sei se é
Imagina minha sina
É o brilho puro da fé
Ou é só brilho feminino
Ou é só brilho de mulher

Moça bonita, seu beijo pode
Me matar sem compaixão
Eu também não sei se é
Ou pura imaginação
Pra saber você me dê
Esse beijo assassino
Nos seus braços de mulher

(*Com música de Geraldo Azevedo, 1981*)

Viver sem amor

Onde vou descansar minha asa
Em que casa abrigar minha dor
Seja onde for
Seja o que for
O voo não cansa, nem se acaba
O coração que desaba
Não esmaga o amor

Seja o que for
Seja onde for
Onde mora a felicidade
Que cidade esconde a paixão
Andando, vou tangendo a saudade
É um rebanho, é tanta ilusão

O aboio que tange o rancor
O acalanto que adormece o ciúme
Seja o que for
Seja onde for
Onde vou descansar minha asa
Não será pra viver sem amor

(*Com música de Paulinho da Viola, 1981*)

Prisma luminoso

Arrepender-se nunca mais
Amar nunca é demais
Sofrer faz parte desse jogo
Amor é fogo
Pode queimar
O choro é um prisma luminoso
Meu coração não tem mais medo de chorar

Lágrima é água
É puro sal
E foi desse cristal
Que a vida começou no mar
Viver é tempestade e calmaria
Sofrendo a gente aprende a navegar
Um dia

(*Com música de Paulinho da Viola, 1983*)

Mais que a lei da gravidade

O grão do desejo quando cresce
É arvoredo, floresce
Não tem serra que derrube
Não tem guerra que desmate
Ele pesa sobre a terra
Mais que a lei da gravidade

E quando faz um amigo
É tão leve como a pluma
Ele nunca põe em risco
A felicidade

Quando chegar dê abrigo
Beijos, abraços, açúcar
Só deseja ser comido
O desejo é uma fruta
E com ele não relute
Pois quem luta
Não conhece a força bruta
Nem todo mal que ele faz

Satisfeito é uma moça
Sorrindo, feliz e solta
Beije o desejo na boca
Que o desejo é bom demais

(*Com música de Paulinho da Viola, 1983*)

Papel machê

Cores do mar
Festa do sol
Vida é fazer
Todo sonho brilhar
Ser feliz
No teu colo dormir
E depois acordar
Sendo o seu colorido
Brinquedo de papel machê

Dormir no teu colo
É tornar a nascer
Violeta e azul
Outro ser
Luz do querer
Não vai desbotar
Lilás cor do mar
Seda cor de batom
Arco-íris crepom
Nada vai desbotar
Brinquedo de papel machê

(*Com música de João Bosco, 1984*)

Luandê

Yê, eu vim de Luanda, yê
Eu vim de Luanda, yê
Meu Luanda

Lá na Bahia todo branco
Tem um negro na famia
Gege, banto, nagô
Seu doutor, vim de Luanda
Pra namorar com sua fia
Negro amor, negro amor

Ponha rendas na varanda
E a moça na sacristia
Ela já disse que sim
Não precisa de alforria
Antes da abolição
A lição eu já sabia
Na Bahia todo branco
Tem um negro na famia

O Luar lá de Luanda
Anda nas bandas de cá
Fui olhar pra sua fia
Vi o mundo clarear
Seu Alvinho e Dona Clara
Tem medo da noite virar dia
Ver a sua fia branca
Aumentar mulataria
Yê quilombo da Bahia

Neste mundo, todo mundo
Tem um negro na famia

(Com música de Ederaldo Gentil, 1984)

Cidadão

Na mão do poeta
O sol se levanta
E a lua se deita
Na côncava praça
Aponta o poente
O apronte, o levante
Crescente da massa

Aos pés do poeta
A raça descansa
De olho na festa
E o céu abençoa
Essa fé tão profana
Oh! Minha gente baiana
Goza mesmo que doa

Abolição
No coração do poeta
Cabe a multidão
Quem sabe essa praça repleta

Navio negreiro já era
Agora quem manda é a galera
Nessa cidade nação
Cidadão
Abolição

(*Com música de Moraes Moreira, 1991*)

La lune de Gorée

La lune qui se lève
Sur l'île de Gorée
C'est la même lune qui
Sur tout le monde se lève

Mais la lune de Gorée
A une couleur profonde
Qui n'existe pas du tout
Dans d'autres parts du monde
C'est la lune des esclaves
La lune de la douleur

Mais la peau qui se trouve
Sur les corps de Gorée
C'est la même peau qui couvre
Tous les hommes du monde

Mais la peau des esclaves
A une douleur profonde
Qui n'existe pas du tout
Chez d'autres hommes du monde
C'est la peau des esclaves
Un drapeau de Liberté

(*Letra com Gilberto Gil e música de Gilberto Gil, 1995*)

Short song

Curto o teu short curto
E o biquíni cine-mudo

Pequena cena
Mostra o mundo
Mise en scène
Céu e tudo

Curta viagem
De um segundo
Diz o menino
É tão bonito

Tão pequenino
É o infinito

(*Com música de Paquito*, 2001)

Yáyá Massemba

Que noite mais funda calunga
No porão de um navio negreiro
Que viagem mais longa candonga
Ouvindo o batuque das ondas
Compasso de um coração de pássaro
No fundo do cativeiro
É o semba do mundo calunga
Batendo samba em meu peito
Kaô Kabiecilê Kaô ôô
Okê arô okê

Quem me pariu
Foi o ventre de um navio
Quem me ouviu
Foi o vento no vazio
Do ventre escuro de um porão
Vou baixar no seu terreiro
Epa raio, machado, trovão
Epa justiça de guerreiro

Ê semba ê, ê samba á
O batuque das ondas
Nas noites mais longas
Me ensinou a cantar
Ê semba ê, ê samba á

Dor é o lugar mais fundo
É o umbigo do mundo
É o fundo do mar
Ê semba ê, ê samba á

No balanço das ondas
Okê arô me ensinou
A bater seu tambor
Ê semba ê, ê samba á
No escuro porão
Eu vi o clarão
Do giro do mundo

Que noite mais funda calunga
No porão de um navio negreiro
Que viagem mais longa candonga
Ouvindo o batuque das ondas
Compasso de um coração de pássaro
No fundo do cativeiro
É o semba do mundo calunga
Batendo samba em meu peito
Kaô Kabiecilê Kaô ôô
Okê arô okê

Quem me pariu foi o ventre de um navio
Quem me ouviu foi o vento no vazio
Do ventre escuro de um porão
Vou baixar no seu terreiro
Epa raio, machado, trovão
Epa justiça de guerreiro

Ê semba ê, ê samba á
É o céu que cobriu
Nas noites de frio
Minha solidão
Ê semba ê, ê samba á

É oceano sem fim
Sem amor, sem irmão
Ê Kaô, quero ser seu tambor

Ê semba ê, ê samba á
Eu faço a lua brilhar
O esplendor e clarão
Luar de Luanda
Em meu coração
Umbigo da cor
Abrigo da dor
Primeira umbigada
Massemba Yáyá
Yáyá Massemba
É o samba que dá

Vou aprender a ler para ensinar meus camaradas

(*Com música de Roberto Mendes, 2003*)

Ifá

Ifá, a fé
Me faz feliz
Se o amor é jogo
Então me diz
Se ela me quer
Ou se jamais me quis

Quero saber
Sou aprendiz
Se vai doer
Ifá, me diz
Sofrer quem quer
Me faz feliz

Andei com fé
Subi a pé
Fui ao Bonfim
Promessas fiz
Figa e guiné
Ninguém me diz

O amor não quer
Saber de mim
Então por que
Sofrer assim
Ifá, me diz
O que será de mim

(*Com música de Cézar Mendes, 2011*)

Amor in natura

O amor está de olho no botão da sua blusa
Ele usa e abusa dessa força delicada, quase bruta

O amor tem asas longas de anjo
E ai de quem tem as pernas curtas
O amor anda nas retas, o amor anda nas curvas
Às vezes águas claras, outras vezes águas turvas

Talvez secreto gosto de nuvens
Talvez sabor da mais estranha fruta
O amor faz sol, o amor faz chuva
O amor é lindo, o amor é louco, o amor é laico
O amor é vesgo, o amor é visgo
Ah, é que não desgruda

O amor é paz, mas vai sempre à luta
O amor tem fel, o amor tem açúcar
O amor tem línguas de fogo
Tem unhas, o amor tem luvas

O amor tem uma coisa que não tem no céu
O amor tem duas coisas que não tem na lua
O amor tem três coisas que não tem no mar
O amor tem muitas coisas que não tem na terra
O amor tanto bate na pedra até que cura

O amor é sempre, o amor é nunca
O amor é fogo, o amor é faca
O amor afoga, o amor afaga

O amor levanta as casas, o amor derruba as casas
O amor derruba os sonhos, o amor devora e sonha

O amor pode tudo, o amor não pode nada
O amor pode tudo, o amor não pode nada
O amor pode tudo, o amor não pode nada
O amor pode tudo, o amor não pode nada

(Com música de Jards Macalé, 2023)

A arte de não morrer

A arte de não morrer
No tempo de todas as dores
A arte de ainda ver
Na escuridão das cores
Vivo dentro de um poema
Preso na minha canção
A arte de viver livre
Nas grades do coração

Vivo dentro de um poema
Preso na minha canção
A arte de viver livre
Nas grades do coração
A arte de não morrer
No tempo de todas as dores
A arte de ainda ver
Na escuridão das cores

A arte de viver livre
Nas grades do coração
Vivo dentro de um poema
Preso na minha canção
A arte de ainda ver
Na escuridão das cores
A arte de não morrer
No tempo de todas as dores

(*Com música de Jards Macalé, 2023*)

POSFÁCIO
O cancioneiro geral de Capinan

CLAUDIO LEAL

Os mitos populares impressos em xilogravuras cercaram a sensibilidade de José Carlos Capinan. Viramundo, o herói sertanejo de proezas migratórias exaltadas pelos cordelistas, inspirou sua canção homônima com Gilberto Gil, assim como o universo dos violeiros cegos de feira nordestina reapareceu em "Viola fora de moda", parceria com Edu Lobo. Persistiu em seu cancioneiro a musicalidade de aboios, repentes e rodas infantis. Além dessas referências, as métricas recorrentes na poesia popular seriam as formas fixas mais íntimas de uma obra marcada pela predominância dos versos livres. O filho de Osmundo e Judite despertou para a arte poética nos folhetos de cordel lidos em sua infância. Nascido no arraial Estação de Pedras, no agreste baiano de Entre Rios, em 19 de fevereiro de 1941, Capinan foi registrado como natural da vizinha Esplanada. Por volta dos quatro anos, ele seria levado pelos tios Afonso e Morena para Taperoá, no baixo sul, a 277 quilômetros de Salvador. Afonso, telegrafista, assumiu sua educação.

Capinan não apagou o hibridismo de suas origens e mesclou imagens da costa atlântica e do sertão nordestino imemorial. Como marca da vivência na zona litorânea da Bahia, de forte presença negra e mestiça, Capinan acrescentou ao seu repertório os elementos africanos da colonização brasileira, expostos em canções como "Luandê", "Cidadão" e "Yáyá Massemba". Em sua adolescência, em Salvador, ele conheceu a vertente laminada da literatura de cordel nas performances do cantador Cuíca de Santo Amaro, poeta abancado na porta do Elevador Lacerda, ponto de achaque e denúncia de estripulias morais e sexuais de famosos ou anônimos. Pelo alcance de sua boca maldita, Cuíca expunha a dimensão social da poesia, capaz de imantar os ouvidos de uma cidade. Na juventude de Capinan, a leitura do romance brasileiro dos anos 1930 completou a descoberta do imaginário da civilização nordestina, mas, no fazer poético, poucos escritores superaram o impacto do poeta pernambucano João Cabral de Melo Neto, seu mestre na apreensão da aridez vegetal, mineral e humana dos rincões, em cuja peça *Morte e vida severina* (1955) descobriu o roteiro de novos caminhos de linguagem na moderna poesia dramática.

Antes do fim do ensino primário, nos anos 1950, Capinan se despediu de Taperoá para estudar no colégio São Salvador, na capital baiana. Depois de concluir pedagogia no Instituto Normal, cursou teatro e direito (mas só se formaria em medicina, em 1982), tornando-se um dos fundadores do Centro Popular de Cultura, o CPC da União Nacional dos Estudantes (UNE), laboratório de uma geração disposta a encontrar na arte os instrumentos de mudança estrutural do país. Ainda na Bahia, fora do ambiente acadêmico e a cinco anos da eclosão do movimento tropicalista, ele conheceu Gilberto Gil, Caetano Veloso e Tom Zé, e deste último foi parceiro na peça *Bumba meu boi*

(1963), seu primeiro poema musicado, sob influência cabralina-brechtiana e impregnado de crítica socioeconômica. No curso das campanhas de alfabetização ancoradas no método do educador Paulo Freire, as encenações do texto se tornaram o maior êxito cênico do CPC baiano e aqueceram o aprendizado poético de Capinan.

Numa fase de diálogo com militantes comunistas e artistas de vanguarda na província de agitação cosmopolita, o encontro com o ensaísta Luiz Carlos Maciel, professor na Escola de Teatro da Bahia, ampliou seu repertório estético. Recém-chegado de estudos em Pittsburgh (1960-61), nos Estados Unidos, Maciel lhe apresentou as obras dos beats Allen Ginsberg, William S. Burroughs, Jack Kerouac e Gary Snyder, novos inspiradores de sua exploração da musicalidade, da liberdade dos versos e da expressão coloquial, enquanto se distanciava das formas clássicas.

Na sequência do golpe de 1964, Capinan seria enredado em um inquérito policial-militar que farejava as atividades políticas do CPC. Sem alternativa, consciente dos riscos apresentados por seu vínculo com o Partido Comunista, ele fugiu para São Paulo e mais adiante se fixou no Rio de Janeiro, onde se equilibraria com trabalhos de publicidade. Em *Inquisitorial*, de 1966, livro de estreia, seus poemas elevaram a qualidade formal da poesia participante, criando, sem estreiteza, um caminho estético pessoal na contestação ao autoritarismo. No ensaio "Capinan e a nova lírica", o crítico José Guilherme Merquior observou que "o problema da participação e da crítica social é tratado em termos de lógica poética, e não das platitudes da pregação soi-disant 'revolucionária'". Outro vento renovador de *Inquisitorial*, segundo Merquior, vinha de seu compromisso com "a desclassicização do idioma lírico".*

O livro desenvolvia dois eixos estilísticos. Apresentava poemas com rigor construtivo e outros com linguagem distendida ou desengravatada, impregnados de procedimentos da poesia modernista. *Inquisitorial* ficou como um marco entre os poetas de sua geração e quase foi adaptado para o teatro pelo diretor José Celso Martinez Corrêa, que chegou a discutir a encenação, mas abandonou a ideia. Ao longo de 1966, Capinan ampliou os diálogos geracionais nas feiras dos compositores do Teatro Jovem, no Rio. Em mais um passo para a superação de fronteiras poéticas, iniciou a parceria com o sambista Paulinho da Viola. Naqueles anos de divergências sobre o horizonte pós-bossa nova, Paulinho, Edu Lobo e Gilberto Gil foram os principais parceiros do letrista, vinculados a vertentes diferentes da música brasileira.

Os passos de Capinan sugeriam um anseio de liberdade de território. Vitoriosa no Festival da Record de 1967, com Edu, "Ponteio" impulsionou seu reconhecimento crítico e ampliou sua regularidade nos debates teóricos, a princípio refletindo sobre a apropriação moderna dos motivos arcaicos do Nordeste, algo central em seu primeiro repertório e também na fase fundadora do cinema novo. "Tradição e folclore são termos que precisam ser esclarecidos. O folclore que não corresponde às novas formas de vida deve ser abandonado, principalmente se não servir à elaboração de formas contemporâneas", ele declarou ao *Jornal do Brasil* em 1967. "Há no folclore e no tradicional

---

* O ensaio de José Guilherme Merquior está incorporado à fortuna crítica deste livro (p. 351).

um grande material gasto, sem vida, viciado, que não corresponde aos novos hábitos, preocupações e aspirações nacionais de um mundo como o nosso, subdesenvolvido, mas com uma tarefa imediata — inclusive revolucionária — que é desenvolver-se. Raiz é toda forma que, dentro de um contexto nacional, é tão viva que pode suportar qualquer ideia de subversão (no sentido permitido). Raiz é o que se prende à história e com ela pode se desenvolver."*

No festival de lançamento das canções tropicalistas "Domingo no parque" (Gil) e "Alegria, alegria" (Caetano), ele reiterou o desejo de não se fechar em igrejas. Em 21 de outubro de 1967, nos bastidores da disputa em São Paulo, perto do anúncio da vitória de "Ponteio", Capinan entregou a Gil a letra de "Soy loco por ti, América", uma elegia a Che Guevara escrita na ocasião da morte do guerrilheiro, assim que ouviu a notícia no rádio. A canção condensava a complexidade formal de suas incursões na poesia participante, sem perfumar o conteúdo político com o berro de panfleto. A poucos meses do uso da palavra "tropicália" (nome de uma instalação de Hélio Oiticica) para batizar o movimento afinado com a antropofagia modernista e divergente dos nacionalistas exacerbados, "Soy loco por ti, América" antecipou, nos jogos com a língua castelhana, a incorporação do imaginário latino-americano.

Residente no Rio em 1968, Capinan foi convidado por Gil a se incorporar ao grupo tropicalista em São Paulo e a estreitar as confabulações com Caetano, Torquato, Gal Costa, Rogério Duarte, Tom Zé, Rogério Duprat e

---

* PAULINO, Franco. "Ponteio — o novo caminho de Edu e Capinan". *Jornal do Brasil*, 22 e 23 out. 1967.

Mutantes. Nesse período, ele viajou repetidas vezes para a capital paulista, mas se ausentou da sessão de fotos da capa do álbum *Tropicália ou Panis et Circencis*, no qual aparece vestido de bacharel em um porta-retrato nas mãos de Gil. "Quando pensamos no tropicalismo, pensamos em criar um mito crítico maior que todos os mitos brasileiros criados. Pensamos na radicalização de todos eles, a fim de expor tudo, mesmo o que estávamos criando e morrer com tudo, num terreno devastado mas propício ao novo", Capinan declarou em dezembro de 1968, em plena luta conceitual.* Em reflexões posteriores, o poeta reconheceria o núcleo teórico do tropicalismo em Gil, Caetano e Tom Zé, mas sua contribuição à abertura de clareiras merece uma revisão crítica mobilizadora de poesia, música e cinema.

Em junho de 1967, Capinan finalizou seu trabalho na trilha musical de *Brasil ano 2000*, filme de Walter Lima Jr. para o qual foram compostas canções pré-tropicalistas importantes na antevisão do campo de experimentações do movimento. Antes disso, em dezembro de 1966, o cineasta mostrara a Gil os primeiros esboços da letra de "Homem de Neandertal", que seria desenvolvida pelo poeta. Em *Verdade tropical*, Caetano Veloso observou a "involuntária independência"** de Capinan, aliado das primeiras inquietações de Gil na integração da música brasileira com o pop internacional. "Não só muito do que ele falava já estava nos meus projetos nunca realizados

---

* Resposta de Capinan a uma enquete de Marisa Alvarez Lima na revista *O Cruzeiro*, em 1968. (*Marginália: Arte & Cultura "na Idade da Pedrada"*. Rio de Janeiro: Salamandra, 1996, p. 104.)

** VELOSO, Caetano. *Verdade tropical*. São Paulo: Companhia das Letras, 2017, p. 156.

com Rogério para Gal, na minha 'Paisagem útil' e nas conversas de Guilherme [Araújo], como o próprio Gil já vinha produzindo, com José Carlos Capinan, uma série de canções prototropicalistas para o filme *Brasil, ano 2000*, de Walter Lima Jr., um projeto larga e fundamente influenciado por *Terra em transe*. O modo como Walter encomendou as canções, a própria ideia do filme, faziam com que o que Gil e Capinan escreviam tivesse características do futuro movimento", avaliou Caetano em suas memórias.

Pela natureza de uma produção cinematográfica, sujeita a variáveis financeiras, o projeto de *Brasil ano 2000* não teve um ritmo tão acelerado. Com arranjos do maestro Rogério Duprat, as gravações instrumentais da trilha seriam feitas no fim de 1967, ao mesmo tempo que o álbum *Tropicália* era preparado. O filme foi rodado em 1968, em Paraty, e só estrearia em junho de 1969.[*] Assim, o longa tanto preconcebeu aspectos estruturais e temáticos das canções tropicalistas por excelência, em suas músicas gravadas por Gal, imbuídas de função dramática e com imagens de ficção científica, como terminou sendo influenciado pelo movimento. Capinan compareceu ao álbum-manifesto com "Miserere nobis", musicada por Gil, e assumiu as luvas do grupo em suas manifestações públicas e no roteiro do programa televisivo *Vida, paixão e banana do Tropicalismo*, escrito em parceria com Torquato Neto para a direção de Zé Celso, que logo confrontou a patrocinadora, a empresa Rhodia, e decidiu se retirar da equipe.

---

[*] A cronologia de *Brasil ano 2000* está na biografia "Walter Lima Júnior — viver cinema" (Casa da Palavra, 2002), de Carlos Alberto Mattos.

Na trupe tropicalista, a marca da transição do ambiente rural para o urbano era reconhecível nas criações de Capinan, Torquato, Gil e Tom Zé, filhos artísticos não só de João Gilberto, como do deus Luiz Gonzaga. Em 1969, depois da prisão e exílio de Gil e Caetano, o refluxo das proposições mais escandalosas do movimento era previsível e até obrigatório, mas Capinan perseverou na radicalidade poética e a reprocessou em outros termos na parceria com Jards Macalé e Paulinho da Viola, ao afrontar a seriedade da linguagem assumidamente literária. Se o tropicalismo impediu o retrocesso das conquistas do modernismo de 1922, a questão flutuante depois do abismo do Ato Institucional nº 5, o AI-5, era a criação de uma linguagem capaz de traduzir os dias sombrios, para atravessá-los, e impedir o envelhecimento precoce da ruptura tropicalista.

Seduzido pelos modos de viver à margem da margem, Capinan absorveu o espírito da contracultura nas tensões entre arte e antiarte, racionalidade e irracionalidade. Mesmo a sua fisionomia se modificou com as roupas informais e os cabelos mais vastos e lisérgicos. Este foi o período em que aprofundou o diálogo com o artista plástico Hélio Oiticica, colaborou com a direção artística de Gal e compôs um repertório experimental com Macalé.*
Em março de 1972, o poeta fez o roteiro e convidou Jorge Salomão para dirigir o show *Luiz Gonzaga volta pra curtir*, responsável pela recuperação afetiva do rei do baião junto às plateias jovens do Teatro Tereza Rachel. Nesse

---

* A edição de *O Pasquim* de 6 e 12 ago. 1970, n. 59, trouxe a entrevista conjunta "Capinam e Oiticica". Com frequência, na imprensa, Capinan era grafado com "m".

ano, "Movimento dos barcos", sua canção com Macalé, absorvia os desejos geracionais na ditadura:

> Não quero ficar dando adeus às coisas passando
> Eu quero é passar com elas
> E não deixar nada mais do que as cinzas de um cigarro
> E a marca de um abraço no seu corpo

O fim dos anos 1960 e a década de 1970 concentram a intervenção crítica mais intensa de Capinan, que editou com Abel Silva os dois números da revista *Anima* (1976-77). Em 1969, passado o choque da performance irracionalista de Macalé em "Gotham City", no IV Festival Internacional da Canção, Luiz Carlos Maciel reuniu os dois compositores em uma conversa com o diretor Zé Celso, sob o mote "Pra onde vai a vanguarda brasileira?", publicada no jornal *Última Hora* de 30 de outubro. Recupero aqui duas respostas de Capinan, ambas relacionadas ao fantasma da estagnação estética e da assimilação das rupturas vanguardistas pela indústria cultural.

> A contestação de "Gotham City" existe porque, ao lado dela, todas as outras músicas atendiam às expectativas. Se você foge à expectativa, você já está fazendo uma contestação. Aí, há o perigo de reduzir "Gotham City" à mera contestação. Não. Ela contesta, não porque ela queira originalmente contestar, mas porque o tipo de proposta musical que ela faz não pode ser exercido. "Gotham City" não tinha o propósito de contestar nada. Contestou porque se impôs violentamente contra uma disposição contrária a ela. Que disposição era essa? A de que as coisas já estão definidas, que já se sabe o que é música, o que é música brasileira etc. Quando você

rompe isso, seu trabalho passa a ser contestação, mas ele é, originalmente, apenas o exercício livre de sua criação. Você não pode estabelecer nenhum preconceito ou conceito para a criação.

A aposta reiterada na vanguarda, com acréscimo de violência e psicodelia, envolvia a gramática do underground, a mitologia das histórias em quadrinhos (Batman) e a contradita do próprio passado. "Eles não percebem que a primeira coisa que eu contesto em 'Gotham City' sou eu mesmo. Eu coloco 'Ponteio' diante de 'Gotham City' e não sobra nada, no sentido de criação. 'Ponteio' é concessão; 'Gotham City' não é. Quando as pessoas elogiam a letra de 'Gotham City', elas querem salvar 'Ponteio', o que absolutamente não me interessa", acrescentou Capinan na entrevista. Ele insistia em passar com as coisas e contestava os postulados clássicos da criação poética.

> Macalé não respeitou a letra. Inclusive ele modificou a letra; conforme a situação, ele inclusive só utilizou sugestões da letra. A experiência, porém, vai me servir muito para o futuro. Eu comecei a fazer letras a partir de umas experiências poéticas, que é um comportamento totalmente diferente. Antes de fazer letras, eu fazia poesia. E ainda há uma certa linguagem poética em minhas letras — numas mais, em outras menos — em vez de uma linguagem descontraída, aberta, comum, pop etc. Nosso trabalho, agora, é nesse sentido: de abrir, fazer sons, brincar com as palavras etc. Eu ainda preciso me livrar mais de um comportamento literário.[*]

---

[*] MACIEL, Luiz Carlos. "Pra onde vai a vanguarda brasileira? — De 'Gotham City' à *Selva das cidades*". *Última Hora*. Rio de Janeiro, 30 out. 1969.

Em 1976, a antologia *26 poetas hoje*, organizada por Heloisa Buarque de Hollanda (desde 2023, Heloísa Teixeira), incorporou Capinan a um conjunto de poetas identificados com "a recusa tanto da literatura classicizante quanto das correntes experimentais de vanguarda que, ortodoxamente, se impuseram de forma controladora e repressiva no nosso panorama literário".* Esses poetas respondiam "de modo pessoal e curioso à filiação cabralina ou a fases significativas da evolução modernista". O prefácio do livro endossou o diagnóstico de Merquior, no ensaio sobre *Inquisitorial*, de que a influência de João Cabral e do classicismo modernista estimulava e sufocava a nova poesia brasileira. No entanto, a trajetória de Capinan não valida a tese de reação ou recusa às vanguardas precedentes. Em suas pesquisas, ele foi o primeiro tropicalista a prestar atenção ao trabalho dos poetas concretos de São Paulo, indicando a Caetano o livro *Re Visão de Sousândrade* (1964), dos irmãos Augusto e Haroldo de Campos, organizadores da antologia crítica do poeta maranhense do épico "O Guesa Errante" (1876-77). De seu lado, no livro *Balanço da bossa*, Augusto de Campos elogiou a letra do bolero-baião-seresta "Clarice", a faixa mais "narrativa" do álbum de Caetano em 1968, "de um lirismo contido, uma 'comoção' sem concessões", e destacou "dois momentos altos: a suspensão reiterativa da frase 'entre os meninos e os peixes/ do rio' e a surpresa do baião na estrofe de rimas uníssonas ('Soldado fez continência/ O coronel reverência/ O padre fez penitência' etc.)". Em "Soy loco por ti, América", o poeta concre-

---

* *26 poetas hoje*. 6. ed. Org. de Heloisa Buarque de Hollanda. Rio de Janeiro: Aeroplano Editora, 2007.

to reconheceu um "tropicalismo anti-Monroe: a América para os Latino-Americanos".*

As invenções dos surrealistas, modernistas, concretistas e da poesia cabralina estiveram no campo de referências de linguagem em sua guinada coloquial e desconstrutiva a partir do final dos anos 1960. Seu diálogo com Oiticica, aliás, revelava um interesse partilhado pelo ensaísmo dos concretos, sempre com autonomia estética. Os poemas de Capinan e Torquato Neto divergiam da amarra conceitual e não insinuavam semelhanças com a maioria dos integrantes de *26 poetas hoje*. Deve-se acrescentar que os poemas de Capinan incluídos nessa antologia de 1976 foram extraídos do *Inquisitorial* de 1966 — alguns anos antes do tropicalismo sua poesia respondia a um espírito do tempo diferente daquele refletido pela "poesia marginal".

Capinan questionou as fronteiras entre os ofícios de poeta e letrista, sem identificar distâncias maiores no domínio de ritmo, métrica, vocabulário e poder expressivo. E pareceu indiferente a hierarquias na destinação, se para leitores ou ouvintes de rádio e discos. Em sua trajetória, as letras quase sempre antecederam as melodias e se espelharam na musicalidade inerente a seus poemas de livro. "De uma certa forma, a letra funciona como tradução do motivo, do momento e circunstância em que a música surgiu e, muitas vezes, é o elemento mais importante de fixação da própria música", ele disse a Torquato em 1967.** Avesso a limites programáticos, assegurou-

---

* CAMPOS, Augusto de. *Balanço da bossa*. São Paulo: Perspectiva, 1968, pp. 155 e 158.

** NETO, Toquato. "Capinan dá as cartas". *Jornal dos Sports*, 19 mar. 1967; *Tropicália*. Org. de Frederico Coelho e Sergio Cohn. Rio de Janeiro: Azougue, 2008, p. 35.

-se da diversidade de melodistas com Batatinha, Cézar Mendes, Geraldo Azevedo, Moraes Moreira, Ederaldo Gentil, Fagner, Francis Hime, Gereba, João Bosco, Joyce, Marlui Miranda, Roberto Mendes, Robertinho de Recife, Paquito, Sueli Costa e Zé Ramalho, entre outros parceiros do pós-tropicalismo. O cancioneiro de Capinan tem peso na discografia da cantora Maria Bethânia, sua voz principal, e cintila em momentos significativos de Marília Medalha, Nara Leão, Gal Costa, Elis Regina, Clara Nunes e Wanderléa.

A política surge nos livros e canções sem retórica ou sacrifício da forma. Além da consciência da história nos fios da linguagem, a obra de Capinan exala uma poética do desejo — carnal, obscuro, insondável, revolucionário. O poema "Algumas fantasias" evidencia esses dois planos:

> Fui tão político às vezes que desdenhei as formas
> E contestei as normas
> E confessei ridículas as pétalas das rosas
> [...]
> Desejo Teresa, desejo Neusa
> Desejo em dúvida e com certeza
> Desejo às dúzias e às centenas

Numa canção, o desejo "pesa sobre a terra/ mais que a lei da gravidade". Aos cinquenta anos, "talvez também não estejas onde quer que esteja o teu desejo". Além da fome das pulsões amorosas, ele contempla a manifestação concreta do tempo, havendo "a presença marcante em sua poética do elemento água e toda a simbologia que daí advém", como identifica a cantora e ensaísta Eliete Eça Negreiros. "Água do mar, água do rio, Iemanjá e Oxum, lágrima e origem da vida, lição de constante transformação, imagem líquida do tempo, heraclitiana, que percorre o corpo diáfano das letras das canções de Capinan que, dialeticamente, passam e permanecem em nossa vida."*

Em seis décadas de canções, Capinan foi um dos condutores da música popular como veículo de vanguardas e inquietações estéticas, com frequência contagiando outras artes e exercendo uma influência superior à do teatro, cinema, literatura ou pintura. Ele se situa, portanto, entre os mestres cancionistas reveladores dos caminhos de sua geração para além da música, ao lado de Jorge Ben Jor, Caetano, Gil, Chico Buarque, Torquato, Rita Lee, Tom Zé e Paulinho da Viola. Sua história difere, entretanto, da maioria da de seus pares e se assemelha à trilha de Vinicius de Moraes, disposto a um vaivém de livros e discos desde seu salto para a bossa nova, sem medo do fantasma da perda de respeitabilidade literária. Assim como Vinicius, Capinan construiu uma reputação em livro antes do sucesso de suas letras. Nove anos depois de *Inquisitorial*, ele regressou ao papel com *Ciclo de navegação, Bahia e gente* (1975). Em seguida, *Confissões de Narciso* (1986), *Poemas* (1987) e mais três em 1996: *Uma canção de amor às árvores desesperadas*, a antologia *Poemas* e *Balança mas hai-kai*. Outra vez em edição baiana, a pequena coletânea de letras *Vinte canções de amor e um poema quase desesperado* (2014).

O poeta nunca se afastou das experimentações formais. Em *Confissões de Narciso*, reuniu poemas ditados a um gravador; e, em *Balança mas hai-kai*, desacatou a for-

---

* NEGREIROS, Eliete Eça. "Capinan e o movimento dos barcos". In: *Amor à música*. São Paulo: Edições Sesc São Paulo, 2022, p. 153.

ma tradicional japonesa de dezessete sílabas poéticas. "Não sei contar sílabas em japonês", ironizou. Nos anos 1990, seu afastamento gradual de editoras do Rio e São Paulo afetou a atenção da crítica e a circulação ampla de seus poemas. Nos últimos vinte anos, amparado em sua experiência como secretário de cultura da Bahia, ele conceituou e dirigiu o projeto do Museu Nacional da Cultura Afro-Brasileira, o Muncab, em Salvador. A reunião *Cancioneiro geral* representa um voo abrangente sobre a obra de Capinan, radicalizada na tropicália mas acima de movimentos, banhada na luz da história, do humanismo e dos desejos múltiplos, confirmando sua posição de destaque na poesia brasileira de nosso tempo.

Anexos

Capinan e a nova lírica*

JOSÉ GUILHERME MERQUIOR

O primeiro aspecto dos trinta poemas que compõem o *Inquisitorial* de José Carlos Capinan é o seu caráter de poesia social. A unidade das três porções do volume ("Aprendizagem", o "Inquisitorial" propriamente dito e "Algum exercício") se apoia no claro impulso de participação ético-política, presente mesmo nos poemas onde a "tese" é mais implícita e a denúncia mais contida. A ocorrência dessa posição de luta define o horizonte anímico dessa poesia, que é uma gravidade sem tristeza:

Surpreendido, o verso é grave e pesa, o verso é grave.
Mas como tudo, sei, guarda um sentido
Nenhuma tristeza tenho da realidade.

O sabor etimológico deste grave pode conduzir-nos a um aspecto louvabilíssimo do lirismo de Capinan: a sua

* Ensaio presente no livro de Merquior *A astúcia da mimese* (1. ed.: José Olympio, 1972; 2. ed.: Topbooks, 1997) e reproduzido como prefácio do livro *Inquisitorial*, de Capinan, em sua segunda edição (Civilização Brasileira, 1995).

intransigente dignificação poética do tema social. Seu livro foge a essa retoriquinha engagée, a essa discurseira, a esse lamentável alto-falante de coisas óbvias, de clichês demagógicos e de platitudes esquerdeiras, que certa poesia quer nos impingir — tentando mascarar de crítica social e de indignação cívica aquilo que não passa de mediocridade: de mediocridade poética e mediocridade política. Contra esse falatório de praça, o verso de Capinan é nobre, sério, sóbrio. Capinan pesa as palavras; e porque nelas descobre o peso da realidade, se proíbe de degradá-las com slogans versificados.

A grave elocução do *Inquisitorial* faz da poesia social o objeto de uma inspiração, não de uma simples ilustração. A poesia social de Capinan é, antes de tudo, poesia: não inventário sociológico, não "retrato da sociedade" nem elenco de suas queixas, mas sim descrição iluminadora de sentimentos humanos. A fidelidade à vocação autenticamente lírica é o que mais cativa nesse volume tão moço.

É claro que essa autenticidade se prova logo no plano linguístico. A força da linguagem capinaniana vem de sua liberdade respeitosa, do seu dar-se o recurso expressivo na lei da língua, além de todo epigonismo (além da pura obediência às gramáticas poéticas existentes, aos estilos codificados), mas igualmente aquém de todo onanismo experimentalístico, de todo inconsequente capricho translinguístico. A gravidade não triste de Capinan sabe que o júbilo do jogo simbólico é uma alegria da criação, uma disponibilidade produtiva, e não um simples aventureirismo pedantesco-formal. Em vez de declarar a "morte do verso" em função da maldisfarçada impotência de alguns autores, Capinan se limita a devolver-lhe a significação lírica. *Inquisitorial* é uma resposta incisiva tanto ao formalismo acadêmico quanto ao formalismo vanguardeiro.

Os sinais de agilidade expressiva são vários. O ritmo é em geral o do verso livre, de universo musculoso, plástico, econômico, capaz de gradações e de contrastes que se dilatam sem queda no prosaico. Leiam-se por exemplo as duas primeiras estrofes do segundo poema da primeira parte:

> A poesia é a lógica mais simples.
> Isso surpreende
> Aos que esperam ser um gato
> Drama maior que o meu sapato
> Aos que esperam ser o meu sapato
> Drama tanto mais duro que andar descalço
> E ainda aos que pensam não ser meu andar descalço
> Um modo calmo.
>
> (Maior surpresa terão passado
> Os que julgam que me engano:
> Ah, não sabem quanto quero o sapato
> Não sabem quanto trago de humano
> Nesse desespero escasso.

Se a progressão da primeira estrofe era uma gradação irônica, a ironia se transfigura na segunda, início de um parênteses reflexivo, começo do "desconto" que a gravidade exige do humor. Mas a nitidez dessa transição não depende só da imagem inusual, da inesperada combinação da referência à atitude alheia (*aos que*) com detalhes concretos-gaiatos como *gato*, *sapato*; nem apenas do lugar-chave dos núcleos semânticos encarregados de unir, por cima da diferença de tom, as duas estrofes — com esse "desespero *escasso*" que evoca tão bem a indigência do "andar descalço", dentro mesmo de sua função de correspondente de um trecho mais amplo do primeiro bloco: ("andar descalço" é um "modo calmo") = ("nesse desespero escasso"). A passagem depende também, em sua expressividade, do confronto *rítmico* das duas estrofes. Na primeira delas, o poeta "ironiza" os enganos alheios sobre generalidades: pensar que um gato é mais drama que a condição humana (= meu sapato); pensar que a condição humana em termos abstratos é mais drama que andar descalço; enfim, pensar que andar descalço, isto é, experimentar concretamente o drama humano, não é "um modo calmo". Na segunda, a ironia só incide sobre um engano, porém mais complexo: o pensar que o "modo calmo" significa insensibilidade ou apatia. O erro já não é só de apreciação de aspectos gerais, é erro sobre a verdadeira natureza íntima do homem-descalço. A primeira estrofe ironiza a incompreensão do plural e do externo; a segunda, a incompreensão do unitário e subjetivo. A forma rítmica da diferença está em que a primeira estrofe é basicamente construída, logo depois do seu primeiro, axiomático verso, com linhas de comprimento crescente (5, 7, 8, 9, 11 e 13 sílabas), desfechadas num impulso que sofre um admirável anticlímax no último verso: "um modo calmo"; ao passo que a segunda, em lugar do crescendo facultado pelo verso livre, se aproxima do módulo da estrofe regular (dois versos de 9, um de 10, dois de 7 sílabas). Uma é a progressão vivaz, outra é uma demora meditativa e sentida ("ah, não sabem quanto quero o sapato"). A flexibilidade do verso pega pelo ritmo a essência dos dois momentos; põe a ideia em música. Ao mesmo tempo, o tema social deixa de ser simplesmente "mostrado" para se embeber totalmente na densidade da reflexão poética.

Muito mais do que o que cabe em nosso espaço poderia ser dito sobre o ritmo de Capinan. Registro tão só duas outras faces: a da limpidez com que ocasionalmente ele deflui no metro tradicional (por exemplo, em "O poeta de si") —

> Vezes me surpreendo
> Com os olhos no céu,
> Admirado de hábitos
> Que julgava não ter.

— tão adequadamente em relação ao *mood* da indignação lírica (veja-se o efeito do terceiro verso, lido à brasileira, com acento na quarta e sexta sílabas, na moldura dos versos pares, ancorados no balanço simétrico terceira/sexta; e o sábio uso de formas estróficas assimiladas pela sintaxe mais do que pelo metro, como no caso da excelente segunda parte do poema "Inquisitorial":

> Quando um soldado capenga
> Surgir em cena,
> Não compreenda, e se compreender,
> Não ria — porque não estamos
> Ante um soldado nem ante o III Reich.
>
> Quando um tanque se precipitar
> Da ponte,
> Não cante, e se cantar,

Não dance — porque não estamos
Ante a firmeza do tanque e a verdadeira ponte.

E quando um gueto se sublevar
E for morto heroicamente,
Não comente, e se comentar,
Não glorifique — porque não houve heróis,
Só houve homens no III Reich.

E que dizer de outras dimensões da linguagem? Dessa sintaxe própria, legitimada pelo vigor poético da expressão, concretizante:

nasço minha vida ao curso da vida

e elíptica, como na segunda estrofe do já citado "O poeta de si":

Alguma estrela procuro
Ou procuro a mim mesmo
Com quem convivo
E desconheço?

Do vocabulário, onde o abstrato convive expressivamente com o concreto:

Na premissa de noites custosas
Aprendi meu rosto, olhos e mais sentidos

ou da imagem em geral, e saudavelmente pós-cabralina, conhecedora do requinte robusto de dizer o moral pelo plástico:

[...] vai surgir, limpa e forte
A cidade, como nasce um dente: inevitável.

e de fazer o símbolo tangível:

Que asas são que à noite bateram
Nos vitrais e se amputaram?

Texto de grande riqueza estilística, o *Inquisitorial* só se empobrece na terceira parte: "Algum exercício", onde aliás se encontram os poemas mais antigos do seu jovem autor. Poemas como "Canção de minha descoberta", "Silhuetas", "Canto grave e profundo" e, sobretudo, "Poema ao companheiro João Pedro Teixeira" são menos concretos, menos plásticos, menos bem tratados e menos analíticos do que a média do volume. São além disso, precisamente, aqueles em que o tema social tende a tornar-se expositivo, convencional e melodramático. No entanto, numa obra tão cheia de virtudes poéticas, esse décimo infeliz não chega nem de longe a impedir um sentimento global de remuneração estética, das mais altas entre a produção brasileira dos últimos dez anos.

Mas o principal ainda não se disse. Quando se analisam os vários traços positivos do estilo de Capinan, quando se conclui pela singularidade da sua presença na nova lírica nacional, algo se salienta, antes relativo à fisionomia geral da dicção do que a qualquer dimensão estilística particular: o caráter específico desse tom poético. Qual é a dicção exata desse verso sério, mas sem pose, desse verso onde a concentração do pensamento se arma através dos elementos da prosa diária, e onde uma *gravitas* autodefinida se faz, não obstante, íntima do não-

-solene? Talvez a essência desse tom resida num prosseguimento original da linha mais rica da nossa poesia moderna, no seu ponto de encontro com as tendências mais radicais do lirismo internacional contemporâneo. O nascimento da poesia moderna remonta à conquista da sua dignidade como *interpretação autônoma do real*, isto é, à poesia goethiana dos anos 1770. Desde então, a lírica esteve sempre representada entre a alta literatura ocidental, sem temer o confronto com as obras mais eminentes do drama ou da narrativa. A linha que vai de Goethe a Hölderlin e ao romantismo, daí a Baudelaire, e deste ao simbolismo e à poesia contemporânea, colocou a expressão lírica na vanguarda literária dos tempos modernos. Esta última se caracteriza pela sua tendência a se concentrar na figuração estética da crise da cultura. Conforme notou Wolfgang Kayser, das três principais funções da antiga literatura: o entretenimento, a edificação moral, e a discussão da problemática do presente — somente a função crítico-problematizante parece ter sobrevivido plenamente no nível qualitativo. Divertimento (não, é claro, no sentido de prazer estético, mas no de simples "diversão" como finalidade da arte) e pregação emigraram para a literatura de massa.

Ao formar-se como entendimento do mundo ideologicamente autônomo (embora não isolado) em relação às correntes filosóficas ou científicas, a lírica moderna assumiu uma parte muito importante nesse processo de problematização. Mas o seu período mais especificamente moderno se origina em Baudelaire. Ora, a diferença entre a *poesia do mundo* de Goethe ou de Hölderlin e *As flores do mal* é antes de tudo uma diferença de linguagem: *As flores do mal* iniciam na lírica de nível filosófico a técnica de construção do símbolo por meio da representação do prosaico e do vulgar. Este processo revogava a estética clássica, na qual o gênero sério — a literatura problemática — não admitia a evocação do vulgar, do cotidiano, do socialmente concreto. Quando o livro de Baudelaire surgiu, esta revogação já se afirmara no romance (Baudelaire é um contemporâneo de Flaubert, não de Balzac ou de Stendhal); na poesia, porém, embora estivesse explicitamente contemplada no célebre prefácio wordsworthiano das *Lyrical Ballads* [Baladas líricas, 1800] e no programa estético de Victor Hugo, ela ainda não se tornara realidade.

Erich Auerbach dedicou estudos notáveis à longa história da substituição da separação classicista dos estilos (*Stiltrennung*) pela mescla estilística (*Stilmischung*) peculiar à era moderna. Em seu ensaio *The Aesthetic Dignity of the* Les Fleurs du Mal [A dignidade estética de *As flores do mal*, 1950], ele analisa a transferência deste fenômeno para o campo da lírica. No plano linguístico, as suas implicações se resumem na frequência de expressões de uso corrente e "plebeu" no tecido mesmo do poema "trágico" ou, em todo caso, sério-problemático.

Antes de voltar a Capinan, vale a pena refletir sobre a evolução da poesia brasileira moderna com relação ao processo de mescla estilística. As considerações que se seguem são deliberadamente esquemáticas; não pretendem de modo algum fornecer uma indicação exaustiva da variedade estilística da poesia modernista, como se poderá advertir observando simplesmente a exclusão de nomes como Cecília Meireles, Dante Milano, Joaquim Cardozo, Cassiano Ricardo, Jorge de Lima ou Raul Bopp. Obrigado a uma síntese imposta pela economia deste ensaio, deixo ao leitor minucioso o trabalho das extensões e das retificações possíveis ou necessárias.

A originalidade da dicção do nosso modernismo lírico tem sido quase sempre buscada na implantação do verso livre, isto é, na quebra dos módulos métricos e estróficos da poesia tradicional, tal como a recebemos no barroco e como a praticamos até o Movimento de 22. Mas essa apreciação tem uma grande desvantagem: ela é feita do ponto de vista da tradição rompida, e não do modernismo que se quer definir. Além disso, já no domínio dos simples fatos, ela não explica suficientemente por que vários poetas modernistas ou nunca abandonaram por completo a metrificação (Bandeira, Cecília etc.) ou a ela voltaram, precisamente em seu período mais maduro (Drummond).

Nenhum traço de estilo contém por si só uma definição integral da poesia modernista, mas o ponto de vista do verso livre parece conter pouco demais. Se, ao contrário, adotarmos a perspectiva da mescla de estilos, da representação séria do cotidiano, nossa visão do ciclo da lírica modernista (em grandes datas, 1922, 1958) torna possível considerar a dinâmica inteira dessa grande constelação lírica, e não apenas a face "herética" dos seus primeiros anos. O filão a ser seguido é, naturalmente, *o destino do coloquialismo*.

Na fase inicial (até os arredores de 1930), o coloquialismo opõe o verso modernista, sob a forma de poema-piada, ao academismo exangue da poesia epigonal, toda "nobre" ou, quando não nobre, puramente jocosa, ao passo que o poema-piada seria satírico e não só divertido. Na segunda fase — basicamente os anos 1930 — os modernistas se lançam à construção de um lirismo onde o combate cede a, ou convive com, um impulso de aceitação afetiva do real. O parentesco com o romance nordestino é evidente. A versão lírica mais representativa desse impulso é a obra de Bandeira (na linha tão bem mostrada por Antonio Candido), do apego à experiência dos sentidos, da celebração da vida física.

Entretanto, fora do libertinismo bandeiriano, da despetrarquização do motivo amoroso, a tendência à reconciliação com o real entrava em contradição com as raízes críticas do modernismo. Eis por que Graciliano "nega" a reconciliação dentro do romance social, do mesmo modo que o antropofagismo de Oswald de Andrade recusa as efusões do "canto da terra" dentro da lírica. Mas a contradição era muito viva; ela impunha ao modernismo uma tensão suficientemente forte para que o antropofagismo permanecesse muito mais retórico do que realizado em obras definitivas, e para que a poesia de Mário de Andrade — nesse período de *Remate de males* — comprometesse a unidade do estilo na oscilação desintegradora entre o polo crítico e o polo da rendição telúrica. Este último ponto foi particularmente salientado por Luiz Costa Lima, no agudo ensaio sobre a lírica marioandradiana a surgir, em breve, no volume *Lira e antilira*.

A terceira fase da poesia modernista — cronologicamente já perto dos primeiros arrotos da Geração de 45 — é sobretudo devida a Drummond e a Murilo Mendes, isto é, à reorientação do lirismo brasileiro como *interpretação* poética do real, como *poesia do mundo* no sentido histórico-crítico da grande tradição lírica do Ocidente moderno. É claro que esta tendência prosseguirá na obra cabralina. O que nos interessa aqui é a avaliação do papel do coloquialismo — do resultado linguístico da mescla de estilos — nesse segmento da evolução modernista.

Ora, o coloquialismo, que nós deixamos na segunda fase formativa do movimento, terá uma fortuna singular no verso dos dois grandes líricos mineiros.

Os dois primeiros livros drummondianos asseguram à mescla de estilos, à poesia feita de cotidiano, o seu talvez mais alto nível, na proporção em que o "humor" de Drummond radicaliza intelectual e emocionalmente a ironia de choque dos modernistas mais antigos. Mas no estágio de *A rosa do povo* (1945), o *recueil* mais rico de todo o ciclo modernista, a técnica da mescla estilística se reduz a *um* dos veios de estilo poético. Além disso, ela passa com frequência por uma espécie de desdobramento: o poeta não só opõe o cotidiano à convenção idealizante, como contrasta a expressão inusual — frequentemente obtida por meio da associação livre (do método "palavra-puxa-palavra" rastreado por Othon Moacyr Garcia) com o próprio cotidiano. Deste modo, a representação lírica do vulgar entra numa convivência deformadora — genialmente deformadora — com uma vertente de edificação polissêmica, da maior riqueza psicológica e simbólica. Mas a presença reconhecível do cotidiano deixa de dar o tom; o idioma drummondiano escapa progressivamente ao coloquial. Este se torna ou bem dissolvido no jogo da associação simbólica, ou bem nobilitado: em "O caso do vestido", obra rara e obra-prima da sua poesia, Drummond soergue o falar corrente a um nível de ressonância lírica que o *desclassifica* como "típico", para fazê-lo puro exemplo do universal. Ambas as metamorfoses descaracterizam o traço coloquial: uma, porque foge ao rotineiro, ao seu aspecto de linguagem usual; outra, porque cancela o efeito da distinção entre o *sermo humilis*, a frase diária e caseira, e o *sermo nobilis*, o discurso elevado — não no sentido da justaposição dialética de ambas as tonalidades, como em Baudelaire, mas (em "O caso do vestido") no de dar à fala trivial o giro universalizante de uma mensagem sobre a condição humana — em lugar da evocação de formas regionais ou "pitorescas" da existência. Essa dupla transformação do coloquialismo no Drummond de *A rosa do povo* foi competentissimamente registrada por Antônio Houaiss, num dos ensaios hoje reunidos em *Seis poetas e um problema* (1959).

Se o poema "O mito" é a mais acabada aplicação nacional do princípio de poetização a partir da matéria cotidiana, a retórica participante, forjada desde *O sentimento do mundo*, tende a uma uniformização de tom onde o não nobre não tem relevo; a idealização e a emocionalização crescentes vão de par com uma ressolenização da linguagem. E nos poemas sobre poesia — por exemplo, em "O lutador" — o afastamento do cotidiano *sub specie vulgaritatis* se consuma: a língua drummondiana se encaminha, em ritmo e em imagem, para o classicismo filosófico de *Claro enigma*, fruto refinado da poesia do pensamento, da *poesia do mundo* como "lírica filosófica", não só em seu conteúdo, mas também em sua forma: poesia filosófica como "gênero".

Quanto a Murilo Mendes, seu lirismo sempre foi, em todo o modernismo, dos menos chegados ao coloquial. Sua fase "clássica" (em torno de *Contemplação de Ouro Preto*) só fez agravar essa distância, que pertence igualmente a João Cabral de Melo Neto: na "água" de, por exemplo, *O cão sem plumas* ou *Fábula de Anfíon*, porque o propósito culto do estilo exclui naturalmente a focalização dos elementos da fala corrente; na "água" de *O rio*, porque a dicção se orienta (como já em "O caso do vestido") para uma dignificação do cotidiano que lhe retira todo valor diacrítico.

Ora, a técnica da mescla estilística se baseia exatamente na coerência do cotidiano-coloquial *com valor diacrítico*, isto é, em fundo de oposição e diferença relativamente ao falar nobre, a fim de que o intuito sério--problemático do poema possa operar no paradoxo de figurar uma situação "elevada precisamente através da alusão ao que é tido por não elevado". Em *As flores do mal*, não se trata de dignificar o cotidiano; não se trata, como na Bíblia (no seu contraste com o classicismo grego), de exprimir o problemático, o "profundo", mediante a simplicidade e até a rusticidade da vida humana. Baudelaire não nobilita o prosaico projetando sobre ele a irradiação do sublime: na poesia moderna, o estábulo de Belém não se enobreceria jamais pela presença da Sagrada Família.

O prosaico serve ao elevado preservando-se como tal, acentuando-se como tal; a sensibilidade moderna inventou o prosaico enquanto *grotesco*, enquanto baixo e risível no próprio seio de uma situação trágica. É nisto que insiste Auerbach, ao levantar-se contra a concepção da mescla de estilos como resultado de uma neutralização do sentido axiológico, de uma simples abolição da hierarquia nobre/vil. Certas constatações do fenômeno da mescla estilística — como a tese spitzeriana da "democracia das palavras" na poesia moderna — tendem a subestimar a função essencial da componente diacrítica no processo da mescla. No entanto, a simples presença do cotidiano-coloquial não integra nenhum poema na área da mescla de estilos. O cotidiano penetra no estilo elevado *em emprego diferencial e dialético*. É a interação de ânimo problemático e referência grotesca, numa duplicidade psicológica aparentada ao *humour*, que institui a fase contemporânea da "poesia do mundo", a fase nascida de *As flores do mal*. Na mescla dos estilos, o coloquialismo não é um "dado" e sim uma *função estilística*.

Com essa qualificação em mente, podemos considerar o terceiro segmento da poesia modernista, centralizado na maturidade de Drummond e de Murilo e em João Cabral, um *período de classicização*, no sentido bem delimitado de atenuações dos efeitos do processo auerbachiano da mescla dos estilos. É preciso, porém, marcar o ângulo puramente analítico, fora de toda apreciação de valor, da definição a que chegamos. O classicismo modernista não se confunde em coisa alguma com uma decadência. Muito ao contrário: tendemos a encará-lo como apogeu do lirismo modernista, profundamente identificado com a implantação da poesia *do mundo* (da lírica de interpretação autônoma e globalizante do real) na literatura brasileira. Aliás, esse classicismo tem por si a própria evolução da poesia contemporânea, depois do advento da *Stilmischung* em Baudelaire. Não convém esquecer que a sucessão de Baudelaire se chama Mallarmé, ou seja: poesia do mundo *sem* mescla de estilos.

Mas o "classicismo" modernista tem sobretudo a seu favor o fato de que, apogeu do modernismo, porém tão diverso da sua imagem mais notória, do seu rosto mais familiar, ele encerra a região mais "filosófica" do império modernista. Muitas vezes se reconheceu que o modernismo foi a grande época da autoconsciência sociológica da cultura brasileira. Como estilo coletivo, o modernismo nos legou o primeiro retrato crítico do Brasil. Mas a verdadeira fidelidade à herança modernista não está numa simples retomada *desta* dimensão reveladora. A maior e mais autêntica fidelidade ao legado modernista, a fidelidade a que a nova cultura nacional aspira, está no projeto de escavar, na consciência sociológica do Brasil, uma outra camada: a da reflexão filosófica. Nós não podemos mais apenas pensar o Brasil, nós temos que pensar o mundo a partir de nossa consciência como cultura própria.

Tudo o que, nas letras brasileiras, forma ou pressagia essa dimensão do espírito ganha aos olhos de hoje uma estrutura maior, maior do que a que lhe deu ou daria a média do gosto modernista. O modernismo, em geral — mas não Graciliano nem Drummond —, foi frio em relação a Machado de Assis. O modernismo não conteve a ficção de um Guimarães Rosa nem de um Adonias Filho nem os textos de uma Clarice Lispector. E no entanto são sobretudo estes autores, com o pós-modernista João Cabral, que seduzem o novo gosto e a nova crítica, a ponto de já ser um pouco através deles que a nossa leitura remonta ao conjunto dos mestres de 22, bem como ao *Velho Bruxo*, com amor... Será preciso notar que estes são exatamente os detentores da visão reflexiva, não por desapego ao sociológico — por uma alienação que não é deles e sim dos que neles a situam — mas pela *radicalização da própria problematização* do social, do social-humano que se agita mais fundo do que o simples sociologístico, do que o mero documental?

O "classicismo" modernista é o terreno mais filosófico da lírica moderna. Por isso, está mais perto de nós, de nossa urgência e de nossa precisão. A nossa cultura carente de reflexão, a nossa nacionalidade carente de universalização, encontra nele a figura da sua prometida maturidade. Mas, pelo mesmo motivo, o exemplo classicista é um modelo perigoso. O estágio clássico da lógica modernista estimula e sufoca a nova poesia nacional. Como forma da poesia do mundo, como aprofundamento da visão modernista, o lirismo classicizante, depois do silêncio dos modernistas no decênio de 1960, continua a ser o principal estímulo da poesia jovem, enquanto ela assume o problema da cultura brasileira. Mas como resultado final de um processo de depuração estilística próprio ao modernismo — e nisso intransferível em termos de gramática poética — a lírica classicizante representa um grave risco para os novos poetas: o risco de render-se ao fascínio de uma construção estilística adstrita à era modernista, e só a partir de sua dinâmica muito peculiar capaz de compor, como compôs, um universo poético de primeira grandeza.

Este perigo é dos sucessores, não dos "clássicos". Eis por que a noção de uma "classicidade" modernista não tem sabor pejorativo. A poesia clássico-modernista não contém em si nenhum fator esterilizante; sua distância em relação à técnica da mescla de estilos não representa um debilitamento da seiva lírica, do mesmo modo que a criação de um novo tom "aristocrático" não equivale — longe disso! — a um restabelecimento do vocabulário lírico petrarquiano, clássico tradicional, e a desaparição do grotesco, em poemas como "A máquina do mundo" ou "O rio", não significa um simples retorno ao estilo elevado na forma da sua antiga solenidade. Neste ponto, a visão solene, juntamente com a sua retórica, parece condenada ao anacronismo acadêmico. A prova disto é o lirismo de Cabral, na nobreza não solene da dicção de *O rio*, ou na vertente satírica, embora não *mesclada*, de livros como *Serial* ou *A educação pela pedra*.

Mas se assim é, será que nossa análise, ao mostrar o perigo da influência dos modelos clássicos-modernistas, não se resume em apontar o notório inconveniente que representa para a criação artística a proximidade das grandes realizações? Se o "classicismo" modernista é válido em si, mas não obstante potencialmente mau, como influência, para a nova poesia, não se trata, em última análise, do reconhecimento do efeito paralisante — sobre seus sucessores — causado pelas obras muito ricas e muito fortes? Aí está, sem dúvida, uma parte da verdade. O apogeu modernista é demasiado expressivo para que seus produtos não exalem por vezes o perfume sedutor do convite ao decalque. A sensibilidade do jovem poeta, que se forma na sua leitura, sofre inevitavelmente a tentação de imitá-los. Quem não se lembra de quanto foi difícil compor sinfonia depois de Beethoven?...

Mas a nossa análise não pretende ficar no truísmo desse reconhecimento. Ela ambiciona circunscrever a natureza específica da tentação, a fonte do perigo, a origem mesma da "contemplação da Medusa"; e nós acreditamos que a compreensão exata do destino da mescla estilística na evolução do modernismo revela muito sobre o tipo de risco enfrentado pela nova poesia no seu diálogo-combate com a tradição lírica. Conscientemente ou não, a nova poesia não chega a se impor como arte realizada (como *conseguimento*, segundo Mário de Andrade) senão depois de ter apreendido a natureza exata da tentação.

Contra o espectro da classicização prematura — dessa pureza inaugural que resulta em formalismo — ela elege o seu próprio caminho de retorno a fonte impura da mescla estilística. Este caminho é o da ruptura com a dicção existente. No esforço da ruptura ela depara com outro perigo: o de identificar o rompimento com a dicção tradicional — inclusiva da tradição viva e vizinha —

com o simples rompimento com a linguagem: não com a linguagem do(s) estilo(s), mas com a linguagem em si. De tal forma que a nova poesia se constrói no processo de recusa simultânea dessas duas tentações: a submissão aos moldes da conquista clássica e a do suicídio semântico por atentado contra a linguagem.

Em face da consciência do sentido ambivalente do modelo do classicismo modernista para a vida da nova lírica, a verdadeira poesia jovem quer ser "poesia do mundo" sem ser a priori "clássica"; quer ser poesia efetivamente reflexiva, e para isso não calcar suas formas na contemplação da Medusa, na atração mortal da pureza clássico-modernista. Daí a viva atualidade do problema da mescla de estilos, no seu sentido mais lato, isto é, no sentido de problema da desclassicização da forma lírica. É aqui, é neste projeto, e em seu êxito, que a poesia de Capinan tem o seu lugar e define o seu tom.

Inquisitorial surge por muitos lados comprometido com a desclassicização do idioma lírico. Um destes lados é a transformação da distância entre o ego e a matéria poéticos. Em qualquer poema, tentar "medir" o grau de envolvimento do seu autor no seu texto é e será sempre ao mesmo tempo ingênuo e irrelevante. O ego autoral, em si mesmo, pertence à biografia e não à análise literária. Mas nós sabemos que o ego lírico não é o ego autoral, e sim a *vox* específica da função lírica, a fonte dessa estruturação subjetiva, "na primeira pessoa" que a distingue do épico e do dramático.

A desclassicização, a tendência a readmitir a mescla de estilos, reaproxima o ego lírico do seu tema: a poesia volta a ser "pessoal", a distância clássica parece minguar. É fácil achar um paralelo na situação da poesia maneirista, entre a idealização clássico-petrarquista e a solene *aloofness* do lirismo barroco: pense-se na "personalidade" de Camões, em contraste com um Garcilaso (idealização clássica) ou com um Góngora (barroco); ou então na aparência igualmente "pessoal" da poesia metafísica, em comparação com a renascentista e com a barroca: num Donne, por exemplo, entre um Philip Sidney e um Milton. Ou ainda, já dentro da poesia moderna, no tom de Baudelaire, colocado entre Hugo e Mallarmé.

No caso de *Inquisitorial*, o que importa assinalar é a combinação deste efeito (ou pressuposto) do processo desclassicizante com uma verdadeira — e atualíssima — estratégia de *deslocamento do cogito*. A poesia "pessoal" se conjuga com a análise crítica do mito da individualidade fechada em si mesma; a "personalidade" do tom emana de uma fina contestação da ideia clássica, substancialista, da personalidade. O já citado "O poeta de si" é o exemplo mais consistente da crítica do cogito-substância. Lembrando o cabralino "A viagem" (de *O engenheiro*), este poema transfere a dissociação do eu do *mood* elegíaco para a perspectiva social. Em Capinan, o eu sem centro se vê condicionado pela experiência móvel do mundo; e só a partir dela tenta recobrar o sentido da personalidade. De posse dele, no entanto, ironizará com argúcia e alienação, sem poupar aquela sub-rogação do ego que transparece na euforia do automatismo revolucionário. O poema "O desistente", que começa

> Vou tentar a desistência
> vou sentar aqui
> ficar sem ir
> e esperar por mim que vem atrás

oporá o eu não automático à trepidação alienatória dos filhos *da hora/ irmãos do momento*. O repouso que parece simples "desistência" aos olhos dos que se rendem ao pula-pula progressista é, na verdade, uma pausa para recuperar a autenticidade; e a urgência dessa pausa pode ser avaliada pela distância em que ficara o seu autêntico, em relação à marcha mecânica rumo à "manhã do mundo"; a distância que cabe toda na anomalia sintática de

e esperar por mim que vem atrás

Capinan rejeita apenas a frouxidão da pretensa poesia participante em nome do rigor da construção lírica; renega, no mesmo ato, a banalidade burra da sua visão simplista. Seu livro é uma contribuição vigorosa à liquidação do convencionalismo da crítica social. Em vez da costumeira colação de lugares-comuns, ele faz prevalecer o sentido da complexidade. Ao conscientizar o senso do complexo, chega a identificá-lo com o amadurecimento humano:

Não sou o mesmo de olhar vazio,
Homem a quem satisfizesse a superfície.

e o seu livro sustentará esta posição de princípio.

É difícil incluir um poema inconformista como "O desesperado" nos almanaques de ladainhas engagées. O poeta sabe que a dor do mundo não tem partido, porque a sua casa é ubíqua. Ninguém é totalmente culpado ou inocente; os responsáveis não podem ser totalmente definidos. Em última análise, *none does offend*, como reconheceu Lear em sua sábia loucura. O paradoxo da verdadeira poesia social — da poesia tout court, na qualidade de "crítica da vida" — é o seu empenho em tomar posição, sem esquecer essa dispersão geral da culpa, nem a condenação do sectarismo por ela implicada. Paradoxo que a era do perigo nuclear e da saturação tecnológica determina como única forma legítima da crítica radical e da defesa do humano, porque a casa da operação é hoje a própria rosa dos ventos e porque, fora da legião infinita das situações injustas concretas e particulares, não é possível localizar o mal, a não ser em parte alguma, isto é: em nós mesmos.

É natural que essa tolerância sem indiferença arranque de uma visão não metafísica, não essencialista do mundo. Já falamos da ironização capinaniana do teologismo revolucionário, do voluntarismo que se mascara de compreensão "científica" do processo histórico. A ironia diante das dificuldades do existir — de optar, de escolher —, verdadeira ironia porque não quer subtrair a necessidade da opção, quer apenas restaurar-lhe o valor crítico, a sua nobreza de escolha lúcida — elabora a medula do poema "Inquisitorial". É uma ironia grave, sopesando a espessura da vida, respeitosa em face da imprevisibilidade do destino. O símbolo do rio carrega a percepção da abertura do ser; a identidade entre homem e rio constrói poeticamente uma antropologia não substancialista:

> Mas um homem não é nunca seu fim
> Mesmo se agindo,
> Nunca se encontra em si,
> Termina sempre mais amplo
> Tal em mar se acaba um rio.

— uma visão da sorte humana que sabe quanto é ingênuo falar no primado da práxis para "localizá-la" — ao gosto dos *wishful thinkings* vestidos de ciência, para quem o reconhecimento do caráter derivado e provisório da teoria, como emanação da prática social, se conjuga estranhamente com a posse cômoda da chave do futuro, do bilhete de ingresso no paraíso do fim da História:

> Não há previsões que possam conceber o que seja
> Anterior ao seu ato.

e que sabe igualmente que o homem não cabe em nenhum atributo fixo:

> Como um homem um rio não tem coragem
> Como um rio um homem não é covarde
> Ambos agem.

tirando a impecável lição moral,

> Em si, como todas as coisas, o bem não existe:
> Pelo mal se define e se contradiz.

Visão dialética, mas autenticamente dialética, isto é, aberta, com a audácia de assumir a relatividade para ultrapassá-la — sem esquecê-la — no plano do agir moral.

Capinan poetiza uma visão do mundo onde o sentido do dinâmico, do combate e da metamorfose,

> (Pois o rio não é o que reflete, mas a luta de sua passagem).

se alia à noção do multirrelacionamento das coisas e à consciência não passiva da nossa finitude. A paixão humana e humanitária que move o poeta não o leva a distrair-se dos limites de sua condição:

> Tenho a coerência de todo ser que vive e se ilumina,
> Guardando a precária exatidão de seu sentido.

Por isso, o "conhecimento do rio", a "navegação didática", a viagem em que essa lírica vê um análogo da natureza humana, não se traduz em panegírico "humanista" dos poderes do bicho-rei; tanto no ético quanto no ontológico, prefere tentar a grandeza dentro da sua situação real:

> Ao voo se necessita consciência de muros.
> Anterior a ser livre é experimentar limites

Assim, a liquidação do convencionalismo da poesia social é um efeito de uma liquidação mais profunda, a ruptura com a retórica de todas as metafísicas, declaradas ou não, sacras ou profanas. A poesia da participação sem sectarismo surge de um empenho despido de ilusões, de perigosas e autoritárias ilusões. A poesia libertária começa por libertar o homem das quimeras em que ele se oculta de si mesmo. A partir de então, não é difícil compreender por que, num poema como "Inquisitorial", o problema da participação e da crítica social é tratado em termos de lógica poética, e não das platitudes da pregação soi-disant "revolucionária".

Mas a contraparte dessa visão crítica é a fidelidade à autonomia do poético, a livre aceitação dos direitos do imaginário. Capinan é um poeta social inteiramente imune ao constrangimento em que se debatem a literatura e a crítica participantes: à suspeita informulada de que a imaginação é mero ornato ou fuga, volta e meia chamada a se justificar perante os interesses superiores de luta social. Esta desconfiança esteriliza o poeta e desvirtua a crítica. Ela consiste em submeter — veladamente embora — a literatura ao inquérito impertinente dos Platões de subúrbio. O maior valor de *Inquisitorial* é o de inquirir sobre a realidade pela poesia, e não o de inquirir contra a poesia e, em última análise, contra a própria realidade.

A décima parte da série "Poeta e realidade" define a poética de Capinan:

O poeta não mente. Dificulta.

O *não mente* responde a uma objeção prévia, a velha censura feita ao "ilusionismo" da poesia. Mas o poeta prossegue, para afirmar, contra a fonte daquela censura — o senso comum, a enciclopédia do saber humano superficial —, o direito e o dever de dificultar a compreensão do mundo pela denúncia incessante da sua complexidade. O que parece simples mentira aos dogmáticos-participantes, ao desprezo "realista" pelo prazer estético e pela invenção poética, é na verdade o jogo crítico da dificultação. Para ver além da aparência das coisas, a dificultação violenta, a transcrição documental, ganha o nível simbólico. No entanto, a estratégia simbólica reincide sobre os dados da realidade imediata sob a forma de iluminação crítica. Aqui se completa a curva: a liberdade do imaginário se revela como necessária condição do poder crítico da obra de arte, de que a poesia social em sentido estrito é apenas uma versão. De modo que a poesia social não depende principalmente das ideologias críticas que pretenda "ilustrar", mas sim da autenticidade do seu caráter poético. A poesia social não espelha tanto a crítica social existente: antes a modifica, na proporção em que ela mesma, poesia, é também um foco autônomo de problematização. A verdadeira poesia social não é só crítica da sociedade — é crítica da própria crítica social. Para este rumo é que os versos de Capinan se orientam, neste livro *Inquisitorial*.

Paris, abril de 1968

A boa e verdadeira luta*

ÊNIO SILVEIRA

Não levando em conta o grande exemplo dado por Bertolt Brecht, Nâzim Hikmet e Pablo Neruda — para citar apenas três escritores que usaram a palavra como arma de luta ideológica —, alguns poetas brasileiros supunham que a poesia, para ser socialmente engajada, não precisava de apuro formal. Acreditavam que palavras de maior peso sonoro (para eles todo *outubro* era *rubro*, apesar de que, no norte da Europa, é quase sempre cinza...) fossem indispensáveis para estabelecer comunicação mais direta com plateias e leitores já mobilizados.

Essa poesia de comício, felizmente, teve tão pouca duração e profundidade entre nós quanto, na antiga União Soviética, a fase do "amor pelo trator", que desafortunadamente marcou a ascensão do chamado realismo socialista. Lá e cá, a despeito de massificações programadas, não demorou muito para que a maioria do público constatasse que a verdadeira poesia — inclusive a revolucionária

* Texto de orelha da segunda edição de *Inquisitorial* (1995).

— não se produzia nem se propagava com o abuso de rimas retumbantes ou a repetição paroxística de palavras de ordem em forma de estribilhos.

Foi por isso que dentro, ou fora de órbitas partidárias bem definidas, também foi possível criar no Brasil uma poesia de engajamento sociopolítico que não prescindia da qualidade e, por isso mesmo, se incorporou para sempre a nosso patrimônio literário. Quem poderá jamais esquecer obras marcantes como *A rosa do povo*, de Carlos Drummond de Andrade, *Canto para as transformações do homem*, de Moacyr Félix, *Faz escuro mas eu canto*, de Thiago de Mello, ou *Poema sujo*, de Ferreira Gullar?

Outro nome que, sem favor algum, pode e deve ser incorporado a essa lista dos que não foram poetas de circunstância, nem revolucionários apenas dos momentos sem risco, é o de José Carlos Capinan, cujo primeiro livro, *Inquisitorial*, de 1966, tem agora sua edição definitiva, enriquecida de longo e substancioso ensaio de José Guilherme Merquior, lançada pela Civilização Brasileira.

Brilhante crítico literário e intelectual consabidamente não filiado às correntes marxistas, Merquior soube ver e quis realçar a importância revolucionária (tanto na forma quanto na substância) do poeta baiano que, curiosamente, esta mesma editora pela primeira vez revelara ao Brasil em 1962, em *Violão de rua*, sua coleção de poesia engajada.

Inquisitorial é um belo livro de poemas, cuja duradoura beleza é e será sempre revolucionária, porque, como diz Capinan num de seus versos de tão viva lucidez dialética: "Em si, como todas as coisas, o bem não existe:/ Pelo mal se define e se contradiz".

Sempre haverá algum homem que queira ser o lobo do homem, e a eterna luta pela liberdade e pela justiça ultrapassará os limites do tempo infinito...

Gentes e poetas*

GILBERTO GIL

1.

Conheci Capinan entre 1962 e 1963 quando, estudantes em Salvador, todos em diferentes níveis e graus, ele, eu, Caetano, Tom Zé, Torquato Neto, Waly Salomão, Duda Machado, Álvaro Guimarães, Rogério Duarte, Fernando Batinga e tantos outros vivíamos o dia a dia da iniciação nas lides culturais, na política estudantil, nas experiências do sexo, do amor, da aventura de conduzir-nos, num incessante entra-em-beco-sai-de-beco corpo-alma a dentro de uma cidade mítica, bela e sensual, de mil histórias antes por outras gentes e poetas vividas e mais outras tantas mil histórias então por outras tantas gentes e poetas por viver.

Éramos todos, ali, um uníssono unissonho de sermos — nos tornarmos gente e poetas a um só tempo. Gente no sentido de indivíduos/átomos do coletivo povo com sua massa material em labuta e luta, como corpo social, es-

---

* Texto de apresentação do livro *Confissões de Narciso* (Civilização Brasileira, 1995).

tágio/estado de vida, quantidade de comida, praça, massa de manobra de guerra, força, musculatura contraída para o soco, ideia-bala, pensamento-espada, a vida em seu vale quanto pesa, materialismo experimental.

Poetas no sentido religioso de mensageiros de Deus, no sentido psicoanalítico de intérpretes dos sonhos, alma psicossocial, qualidade da comida, musculatura distendida após o orgasmo, palco, beijo, ideia-flor, pensamento-unguento, carnaval, celebração piedosa, a vida no seu vale quanto reza, fundamentalismo espiritual.

Éramos, ali na Bahia daquele momento, como folhas ao vento (quase furacão) dos novos tempos paradoxais. Capinan, como todos nós outros, vivia aquela aventura com a sofreguidão das almas jovens.

2.

Vindo de um interior ainda mais agreste, ainda mais nordeste do que o de onde vínhamos eu e Caetano — porque ainda mais longe do mar de águas e de luzes da baía —, Capinan era portador e manifestante de uma alma ainda mais severina, no sentido joãocabralino da palavra. Mais caprino, mais cismado, mais dependurado nas argolas das interrogações, como se elas fossem aquelas gangorras toscas pendendo dos galhos das mangueiras dos quintais das casas no seu sertão. De pensamento arisco, arredio, mais litera(l)riamente desconfiado do que os outros, Capinan viria depositar a palavra nas mãos do seu coração semiárido. A sua poesia estava, então, naquela região do sertão, naquele coração semiúmido e de lá ela se faria escrever e falar.

Aqui e ali essa poesia viria a ser, mais tarde, um pouco mais intumescida pelo mar da viagem ao desconhecido ou pelo orvalho das últimas madrugadas neorromânticas quando dos estertores da revolução política e cultural dos sessenta e dos setenta e logo dos oitenta e tantos quantos foram os anos-luzes do seu percurso por sampas e rio-de--janeiros. Mas, no fundo, eu quase arriscaria afirmar que a poesia de Capinan repousa, ainda e eternamente, no caroço de umbu da sua caatinga. Umbu cuja carne é assim meio fibra, meio nervo e um tanto pouca, que ao morder se dá mais parca que farta, com seu doce ancorado em seu azedo, cujo gosto é bom mas exigente e dificultoso, e cujo caroço é duro e traiçoeiro para os dentes. Creio que assim será sempre a poesia de Capinan, embora seu verso tenha uma vez ameaçado que "já não somos como na chegada".

Sabemos que em todos nós há sempre um que vai e um que fica, um que muda e um que permanece, e que há um outro que atento os observa a ambos, quase sempre a um deles distinguindo como se com um amor de pai.

Mais do que nunca neste livro, a poesia de Capinan distingue, elege e prestigia aquilo/aquele que nele permanece. Aquilo que não se perde nas névoas do delírio. Como a um fio de Ariadne atado. Aquilo que, como no sonho acordado do menino, leva-o à exploração das grutas obscuras da fantasia mas o traz sempre de volta ao ser do presente, ao claro recinto do seu quarto — ainda que sob tênue luz de lamparina iluminado. Quatro paredes, o teto, seu ambiente. Sempre de volta à obstinada recusa da solidão. De volta a algum/alguém sempre ao seu lado. Ele mesmo, o seu amigo ambíguo, um tanto quanto deslocado, quase que num quarto ao lado, contíguo a si mesmo, mas ainda no âmbito da sua con(si)guidade.

3.
Aliás, sobre este *Confissões de Narciso* quero chamar-lhes a atenção para os poemas que foram *e-ditados*, viva voz, ao som da fala e do seu eco na sala, diretamente ao ouvido do outro, um gravador portátil. Penso que aí nesses poemas se radicalizam, no próprio ato criativo como procedimento, os elementos vivos da tal *consiguidade* a que me referi como traço elucidativo da alma poética de Capinan. Na série constituída pelos poemas "Narciso", "Confissões de Narciso" e "Teatro de rua", o poeta nem mesmo se deixou mediar pela página, pela cristalografia da escrita: a poesia não quer mais ser lida mas ouvida e, se escrita ainda assim tenha que ser, como uma concessão ao livro, o que propõe o poeta é uma escrita da sua fala, não mais como página mas como pala. Pala que de um gravador de som virá a ser lavrada (pala-vrada) para, aí sim, viver o papel (teatral) de pa-lavra-falada-escrita.

Não estou certo de que nessa série estejam os melhores poemas deste livro — não importa mesmo que assim fosse — mas eles são os que mais admiro. Pelo processo de desescandir, desesconder implicado em sua gênese falada. Poemas de chofre, de pronto, de primeira, como no futebol, a pala-bola sem quicar no chão da página, ao ar alçada pela ideia e no ar mesmo alcançada pela fala — sala adentro, boca afora — e agarrada, aderida à fita pelo magneto. Eis que o poeta entra num jogo/jorro/fôlego de atleta! *Confissões de Narciso* traz, seguramente, muitas outras caras do poeta. Nós leitores, seus espelhos, as refletiremos múltiplas, nítidas ou difusas, cada e outra vez que as lermos-virmos-ouvirmos espalhadas nos poemas.

Confissões de Narciso*

LUIZ CARLOS MACIEL

Incorporado, hoje, ao grupo dos nossos melhores poetas contemporâneos, Capinan não só atravessou as experiências mais típicas de sua geração como marcou com elas a sua poesia. Sua obra tem, a exemplo da música de Gilberto Gil, por exemplo, essa relação sempre efetiva do sentimento subjetivo com o horizonte coletivo. Como Gil e Caetano, junto com quem foi um dos criadores do Tropicalismo, é um poeta que sempre falou por todos nós.

Se o seu livro *Inquisitorial* assinalou a confluência do rigor formal com a bravura do conteúdo, como a realização artística de uma necessidade estética e existencial sentida por toda a geração, este *Confissões de Narciso* reflete a necessidade de aprofundamento da experiência através de um mergulho mais fundo no próprio eu. Se perdem, por um lado, o equilíbrio audacioso daquele livro, as *Confissões*, por outro, realizam plenamente os poderes mais genuínos da poesia lírica.

* Texto de orelha do livro *Confissões de Narciso*.

Da preocupação social e de seus ideais políticos para a aventura individual da mutação psicológica (que brotou de certa desilusão com aqueles ideais, mas que fascinou a geração), Capinan atravessa uma trajetória surpreendente em que o domínio conquistado do verso é abandonado, mas só para ser reconquistado. O poeta, audaciosamente, abandona o rigor do seu ofício para recuperá-lo mais adiante, num nível mais alto, mais exigente.

Para registrar sua redescoberta lírica do eu, a síndrome de Narciso, Capinan dispensa a escrita. Os poemas mais importantes deste livro não foram escritos, mas falados, ditados a um gravador portátil, tendo permanecido por muitos anos guardados nas fitas que os recolheram, para só agora serem passados ao papel. "Não estou certo de que nessa série estejam os melhores poemas deste livro" — admite Gilberto Gil na sua apresentação. Mas acrescenta que isso não importa, mesmo que assim fosse, pois "eles são os que mais admiro".

Na verdade, não se pode deixar de admirá-los. Esses e os outros poemas de *Confissões de Narciso* confirmam, num registro mais íntimo, o poder irresistível da poesia de Capinan.

LIVROS E LIVRETOS DO AUTOR E OUTRAS INFORMAÇÕES

Bumba meu boi (Centro de Cultura Popular Bahia, 1963)

Inquisitorial (Civilização Brasileira, 1966)

Ciclo de navegação, Bahia e gente (Macunaíma, 1975)

Estrela do norte, adeus (Mercado Aberto, 1981)

Poemas (Espaço Bleff, 1987)

Confissões de Narciso (Civilização Brasileira, 1995)

Uma canção de amor às árvores desesperadas (Ecodrama, 1996)

Balança mas hai-kai (BDA Bahia, 1996)

Poemas [antologia que inclui os textos de *Quintais* e de *Poemas*] (Fundação Casa de Jorge Amado, 1996)

Vinte canções de amor e um poema quase desesperado
(Caramurê, 2014)

José Carlos Capinan (org. de Sergio Cohn, *Cadernos de Música*, n. 21, fev. 2021)

"Poema subversivo", presente na seção "Participação na antologia *Violão de rua*", integrou originalmente a antologia coletiva *Violão de rua*, volume II (org. de Moacyr Felix, Civilização Brasileira, 1962). Outros poemas de Capinan incluídos nesta mesma antologia são "Poema intencional", "O rebanho e o homem" e "Silhuetas", todos posteriormente incorporados pelo autor ao livro *Inquisitorial*.

Capinan está presente no número duplo 5-6 da revista *Civilização Brasileira* (março de 1966) e na antologia *Poesia viva I* (Civilização Brasileira, 1968) com poemas do livro *Violão de rua*.

O texto da seção "Participação n'*O Pasquim*" — "Jimi" — foi publicado no número 67 (30 set. a 6 out. 1970) do jornal *O Pasquim*.

O autor também está na antologia *26 poetas hoje* (org. de Heloisa Buarque de Hollanda, coleção de bolso, Labor do Brasil, 1976) com poemas do livro *Inquisitorial*, a que se somam outros, então inéditos, incluídos posteriormente na plaquete *Poemas* (Espaço Bleff, 1987).

ÍNDICE EM ORDEM ALFABÉTICA DOS TÍTULOS DOS POEMAS

78 rotações, 311
A arte de não morrer, 332
[A barriga de minha mãe lembrava um velho baobá], 17
A carne e o imperialismo, 240
A dança do boi, 229
A eternidade aos cinquenta, 49
[A trovoada tocava no céu], 18
Aboio, 272
Água de meninos, 269
Algumas fantasias, 95
Amor in natura, 330
Amor oblíquo, 108
Anima, 126
Aprendizagem, 178
Aquelas matinês, 47
Argentina lua, 43
Aromas, 44
Autopoema, 123
Balaio de imagens, 63
Beira de cais, 121
Bonina, 293
Busca da identidade entre o homem e o rio, 189
Canção da moça, 285
Canção de minha descoberta, 207
Canção para Maria, 277
Canto ao pequeno burguês, 223
Canto grave e profundo, 209

Canto IV, 210
Canto quase gregoriano (fragmentos), 131
Cena final, 258
Chaplin, 57
Chet, 109
Cidadão, 323
Cirandeiro, 275
Clarice, 298
[Como me espanta o espanto], 146
[Como se derrama um vaso], 148
Composição do demônio, 224
Compreensão do bem, 225
Compreensão do santo, 222
Confissões de Narciso, 92
Coração imprudente, 307
[Corpo da terra, cinzas colinas, nuvens cinzas], 83
[Corre pelas ruas um vago rumor de asas], 147
Corrida de jangada, 279
Criação do boi, 231
[Cúmplices da comoção moderna], 195
De não ser, sendo constantemente, 184
Desejo, 60
Divisão do boi, 250
Elogio ao boi, 243

Espelhos da madrugada, 105
[eu vou parar], 144
Farinha do desprezo, 310
Flash, 53
Flor, 119
Formação de um reino (a composição do rei), 218
Gotham City, 302
Haikais, 19
Heterônimos domingos, 113
Homem de Neandertal, 286
Homônimos domingos, 54
Ifá, 329
Índia ainda, 112
Intervalo, 61
Jimi, 162
La lune de Gorée, 324
Ladainha, 267
Luandê, 321
Madrugadas de Narciso, 104
Mais que a lei da gravidade, 319
Maria, Maria, 295
Meu amor me agarra & geme & treme & chora & mata, 312
Miserere nobis, 296
Moça bonita, 316
Movimento dos barcos, 309
Musas dos desgovernos, 110
[Não escrevo porque não penso], 142
Narciso, 91
Nas águas do rio Tao, 45
Natureza noturna, 314
Navegação didática, 183
Negócios são negócios, 42
Negras olimpíadas, 22
Num latifúndio e senhor de, internamente, 186
O acaso não tem pressa, 304
[O bicho está vivo], 23
O homem é o rio, o rio é o mundo, 182
O inquilino das preces, 51
[O Partidão era um barco], 25

O rebanho e o homem, 215
O tempo e o rio, 274
[O tempo nos espelhos], 27
Orgulho, 308
Outra canção do exílio, 111
Outras confissões, 102
Outros Kodacs cotidianos, 33
Papel machê, 320
Pobre república pobre, 137
Poema ao companheiro João Pedro Teixeira, 211
Poema intencional, 216
Poema subversivo, 261
Poesis, 59
Poeta e realidade, 169
Ponteio, 280
Portunhol, 118
Prisma luminoso, 318
Pula pula (salto de sapato), 306
Pulsars e quasars, 301
Quintais, 31
Quintas, 117
Relâmpagos, 62
Semeadura, 180
Short song, 325
Show de Me Esqueci, 289
Silhuetas, 208
Sofrer, 315
Sopra a falsa tempestade, 35
Soy loco por ti, América, 282
[Sta. Cruz de la Sierra], 145
Teatro de rua, 106
Tempô, 58
Tópos, 115
Tramas, 122
Une étoile caresse le sein d'une negresse, 116
Versos enviesados, 39
Vinhos finos... cristais, 305
Viola fora de moda, 313
Viramundo, 268
Viver sem amor, 317
Yáyá Massemba, 326

Copyright © 2024 José Carlos Capinan
Copyright do texto de José Guilherme Merquior © 2011
Julia Merquior, publicado sob licença generosamente
cedida pela editora É Realizações

Todos os direitos reservados. Nenhuma parte desta
obra pode ser reproduzida, arquivada ou transmitida de
nenhuma forma ou por nenhum meio sem a permissão
expressa e por escrito da Editora Fósforo.

DIREÇÃO EDITORIAL Fernanda Diamant e Rita Mattar
COORDENAÇÃO DA COLEÇÃO E EDIÇÃO Tarso de Melo
EDITOR CONVIDADO Leonardo Gandolfi
COORDENAÇÃO EDITORIAL Juliana de A. Rodrigues
ASSISTENTES EDITORIAIS Millena Machado e Rodrigo Sampaio
DIRETORA DE ARTE Julia Monteiro
REVISÃO Andrea Souzedo e Eduardo Russo
PROJETO GRÁFICO Alles Blau
EDITORAÇÃO ELETRÔNICA Página Viva

Dados Internacionais de Catalogação na Publicação (CIP)
(Câmara Brasileira do Livro, SP, Brasil)

Capinan, José Carlos
  Cancioneiro geral [1962-2023] / José Carlos Capinan.
— 1. ed. — São Paulo : Círculo de Poemas, 2024.

  ISBN: 978-65-84574-22-9

  1. Poesia brasileira I. Título.

24-192284   CDD — B869.1

Índice para catálogo sistemático:
1. Poesia : Literatura brasileira   B869.1

Aline Graziele Benitez — Bibliotecária — CRB-1/3129

1ª edição
1ª reimpressão, 2024

circulodepoemas.com.br
fosforoeditora.com.br

Editora Fósforo
Rua 24 de Maio, 270/276, 10º andar
01041-001 — São Paulo/SP — Brasil

A marca FSC® é a garantia de que a madeira utilizada na fabricação do papel deste livro provém de florestas gerenciadas de maneira ambientalmente correta, socialmente justa e economicamente viável e de outras fontes de origem controlada.

FSC® C011095

CÍRCULO DE POEMAS

LIVROS

1. **Dia garimpo.** Julieta Barbara.
2. **Poemas reunidos.** Miriam Alves.
3. **Dança para cavalos.** Ana Estaregui.
4. **História(s) do cinema.** Jean-Luc Godard (trad. Zéfere).
5. **A água é uma máquina do tempo.** Aline Motta.
6. **Ondula, savana branca.** Ruy Duarte de Carvalho.
7. **rio pequeno.** floresta.
8. **Poema de amor pós-colonial.** Natalie Diaz (trad. Rubens Akira Kuana).
9. **Labor de sondar [1977-2022].** Lu Menezes.
10. **O fato e a coisa.** Torquato Neto.
11. **Garotas em tempos suspensos.** Tamara Kamenszain (trad. Paloma Vidal).
12. **A previsão do tempo para navios.** Rob Packer.
13. **PRETOVÍRGULA.** Lucas Litrento.
14. **A morte também aprecia o jazz.** Edimilson de Almeida Pereira.
15. **Holograma.** Mariana Godoy.
16. **A tradição.** Jericho Brown (trad. Stephanie Borges).
17. **Sequências.** Júlio Castañon Guimarães.
18. **Uma volta pela lagoa.** Juliana Krapp.
19. **Tradução da estrada.** Laura Wittner (trad. Estela Rosa e Luciana di Leone).
20. **Paterson.** William Carlos Williams (trad. Ricardo Rizzo).
21. **Poesia reunida.** Donizete Galvão.
22. **Ellis Island.** Georges Perec (trad. Vinícius Carneiro e Mathilde Moaty).
23. **A costureira descuidada.** Tjawangwa Dema (trad. floresta).
24. **Abrir a boca da cobra.** Sofia Mariutti.
25. **Poesia 1969-2021.** Duda Machado.
26. **Cantos à beira-mar e outros poemas.** Maria Firmina dos Reis.
27. **Poema do desaparecimento.** Laura Liuzzi.
28. **Cancioneiro geral [1962-2023].** José Carlos Capinan.
29. **Geografia íntima do deserto.** Micheliny Verunschk.
30. **Quadril & Queda.** Bianca Gonçalves.
31. **A água veio do Sol, disse o breu.** Marcelo Ariel.
32. **Poemas em coletânea.** Jon Fosse (trad. Leonardo Pinto Silva).
33. **Destinatário desconhecido.** Hans Magnus Enzensberger (trad. Daniel Arelli).

PLAQUETES

1. **Macala.** Luciany Aparecida.
2. **As três Marias no túmulo de Jan Van Eyck.** Marcelo Ariel.
3. **Brincadeira de correr.** Marcella Faria.
4. **Robert Cornelius, fabricante de lâmpadas, vê alguém.** Carlos Augusto Lima.
5. **Diquixi.** Edimilson de Almeida Pereira.
6. **Goya, a linha de sutura.** Vilma Arêas.
7. **Rastros.** Prisca Agustoni.
8. **A viva.** Marcos Siscar.
9. **O pai do artista.** Daniel Arelli.
10. **A vida dos espectros.** Franklin Alves Dassie.
11. **Grumixamas e jaboticabas.** Viviane Nogueira.
12. **Rir até os ossos.** Eduardo Jorge.
13. **São Sebastião das Três Orelhas.** Fabrício Corsaletti.
14. **Takimadalar, as ilhas invisíveis.** Socorro Acioli.
15. **Braxília não-lugar.** Nicolas Behr.
16. **Brasil, uma trégua.** Regina Azevedo.
17. **O mapa de casa.** Jorge Augusto.
18. **Era uma vez no Atlântico Norte.** Cesare Rodrigues.
19. **De uma a outra ilha.** Ana Martins Marques.
20. **O mapa do céu na terra.** Carla Miguelote.
21. **A ilha das afeições.** Patrícia Lino.
22. **Sal de fruta.** Bruna Beber.
23. **Arô Boboi!** Miriam Alves.
24. **Vida e obra.** Vinicius Calderoni.
25. **Mistura adúltera de tudo.** Renan Nuernberger.
26. **Cardumes de borboletas: quatro poetas brasileiras.** Ana Rüsche e Lubi Prates (orgs.).
27. **A superfície dos dias.** Luiza Leite.
28. **cova profunda é a boca das mulheres estranhas.** Mar Becker.
29. **Ranho e sanha.** Guilherme Gontijo Flores.
30. **Palavra nenhuma.** Lilian Sais.
31. **blue dream.** Sabrinna Alento Mourão.
32. **E depois também.** João Bandeira.
33. **Soneto, a exceção à regra.** André Capilé e Paulo Henriques Britto.

Que tal apoiar o Círculo e receber poesia em casa?

O que é o Círculo de Poemas? É uma coleção que nasceu da parceria entre as editoras Fósforo e Luna Parque e de um desejo compartilhado de contribuir para a circulação de publicações de poesia, com um catálogo diverso e variado, que inclui clássicos modernos inéditos no Brasil, resgates e obras reunidas de grandes poetas, novas vozes da poesia nacional e estrangeira e poemas escritos especialmente para a coleção — as charmosas plaquetes. A partir de 2024, as plaquetes passam também a receber textos em outros formatos, como ensaios e entrevistas, a fim de ampliar a coleção com informações e reflexões importantes sobre a poesia.

Como funciona? Para viabilizar a empreitada, o Círculo optou pelo modelo de clube de assinaturas, que funciona como uma pré-venda continuada: ao se tornarem assinantes, os leitores recebem em casa (com antecedência de um mês em relação às livrarias) um livro e uma plaquete e ajudam a manter viva uma coleção pensada com muito carinho.

Para quem gosta de poesia, ou quer começar a ler mais, é um ótimo caminho. E para quem conhece alguém que goste, uma assinatura é um belo presente.

CÍRCULO DE POEMAS

Este livro foi composto em GT Alpina e GT Flexa e impresso pela gráfica Ipsis em setembro de 2024. Fui tão político às vezes que fiz da beleza uma coisa perigosa e tão político às vezes que se tornou a noite pavorosa.